QUI A RAMENÉ DORUNTINE?

谁带回了杜伦迪娜

Ismail Kadaré

[阿尔巴尼亚] 伊斯梅尔·卡达莱 / 著

邹琰 / 译

修订版

南方出版传媒
花城出版社
中国·广州

图书在版编目（CIP）数据

谁带回了杜伦迪娜 /（阿尔巴）伊斯梅尔·卡达莱著；
邹琰译. -- 2版. -- 广州：花城出版社，2018.6
（2019.11重印）

（蓝色东欧 / 高兴主编. 第1辑）
ISBN 978-7-5360-8042-3

Ⅰ. ①谁… Ⅱ. ①伊… ②邹… Ⅲ. ①长篇小说－阿尔巴尼亚－现代 Ⅳ. ①I541.45

中国版本图书馆CIP数据核字(2018)第022752号

合同版权登记号：图字19-2017-111号

QUI A RAMENÉ DORUNTINE？
Copyright 1980, Librairie Arthème Fayard
All rights reserved

出 版 人：	肖延兵
丛书策划：	朱燕玲　孙虹
出版统筹：	李倩倩　夏显夫　欧阳佳子
责任编辑：	黎萍
技术编辑：	薛伟民　凌春梅
装帧设计：	棱角视觉 ANGULAR VISION
封面供图：	子夏

书　　名	谁带回了杜伦迪娜 SHEI DAI HUI LE DU LUN DI NA	
出版发行	花城出版社 （广州市环市东路水荫路11号）	
经　　销	全国新华书店	
印　　刷	恒美印务（广州）有限公司 （广州南沙经济技术开发区环市大道南路334号）	
开　　本	880毫米×1230毫米　32开	
印　　张	6.25　2插页	
字　　数	121,000字	
版　　次	2012年1月第1版　2018年6月第2版 2019年11月第2版第2次印刷	
定　　价	32.00元	

本书中文专有出版权归花城出版社独家所有，非经本社同意不得连载、摘编或复制。
如发现印装质量问题，请直接与印刷厂联系调换。
购书热线：020-37604658　37602954
欢迎登陆花城出版社网站：http://www.fcph.com.cn

谁带回了杜伦迪娜

目 录
CONTENTS

记忆，阅读，另一种目光（总序）/ 高兴 / 1
期待一个承载良知的幽灵（中译本前言）/ 邹琰 / 1
法文版编者序 / 1

第一章 / 1
第二章 / 23
第三章 / 49
第四章 / 76
第五章 / 114
第六章 / 141
第七章 / 157

记忆，阅读，另一种目光

（总序）

高兴

昆德拉说过："人的一生注定扎根于前十年中。"我想稍稍修改一下他的说法："人的一生注定扎根于童年和少年中。"童年和少年确定内心的基调，影响一生的基本走向。

不得不承认，二十世纪五六十年代出生的人都有着不同程度的俄罗斯情结和东欧情结。这与我们的成长有关，与我们的童年、少年和青春岁月有关。而那段岁月中，电影，尤其是露天电影又有着怎样重要的影响。那时，少有的几部外国电影便是最最好看的电影，它们大多来自东欧国家，几乎吸引了所有人的目光，是我们童年的节日。在某种意义上，甚至可以说，它们还是我们的艺术启蒙和人生启蒙，构成童年最温馨、最美好和最结实的部分。

还有电影中的台词和暗号。你怎能忘记那些台词和暗号。它们已成为我们青春的经典。最最难忘的是《瓦尔特保卫萨拉热窝》。"'空气在颤抖,仿佛天空在燃烧。''是啊,暴风雨来了。'""看,这座城市,它就是瓦尔特。"简直就是诗歌。是我们接触到的最初的诗歌。那么悲壮有力的诗歌。真正有震撼力的诗歌。诗歌,就这样和英雄主义和浪漫主义,紧紧地连接在了一道。

还有那些柔情的诗歌。裴多菲,爱明内斯库,密茨凯维奇。要知道,在二十世纪七八十年代,读到他们的诗句,绝对会有触电般的感觉。而所有这一切,似乎就浓缩成了几粒种子,在内心深处生根,发芽,成长为东欧情结之树。

然而,时过境迁,我们需要重新打量"东欧"以及"东欧文学"这一概念。严格来说,"东欧"是个政治概念,也是个历史概念。过去,它主要指波兰、捷克斯洛伐克、匈牙利、罗马尼亚、保加利亚、南斯拉夫、阿尔巴尼亚七个国家。因此,在当时,"东欧文学"也就是指上述七个国家的文学。这七个国家,加上原先的东德,都曾经是以苏联为首的华沙条约组织的成员。

一九八九年底,东欧发生剧变。此后,苏联解体,华沙条约组织解散,捷克和斯洛伐克分离,南斯拉夫各共和国相继独立,所有这些都在不断改变着"东欧"这一概念。而实际情况是,波兰、捷克、匈牙利、罗马尼亚等国家甚至都不再愿意被称为东欧国家,它们更愿意被称为中欧或中南欧国家。同样,不少上述国家的作家也竭力抵制和否定这一概念。在他们看来,东欧是个高度政治化、笼统化的概念,对文学定位和评判,不太有利。这是一种微妙的姿态。在这种姿态中,民族自尊心也发挥着不可估量的作用。

但在中国,"东欧"和"东欧文学"这一概念早已深入人心,有广泛的群众和读者基础,有一定的号召力和亲和力。因此,继续使用"东欧"和"东欧文学"这一概念,我觉得无可厚非,有利于研究、译介和推广这些特定国家的文学作品。事实上,欧美一些大学、研究中心也还在继续使用这一概念。只不过，今日，当我们提到这一概念，涉及的就不仅仅是七个国家，而应该包含更多的国家：立陶宛、摩尔多瓦等独联体国家，还有波黑、克罗地亚、斯洛文尼亚、塞尔维亚、黑山等从南斯拉夫联盟独立出来的国家。我们之所以还能把它们作为一个整体来谈论，是因为它们有着太多的共同点：都是欧洲弱小国家，历史上都曾不断遭受侵略、瓜分、吞并和异族统治，都曾把民族复兴当作最高目标，都是到了十九世纪末二十世纪初才相继获得独立，或得到统一，第二次世界大战后都走过一段相同或相似的社会主义道路，一九八九年后又相继推翻了共产党政权，走上了资本主义发展道路。之后，又几乎都把加入北约、进入欧盟当作国家政策的重中之重。这二十年来，发展得都不太顺当，作家和文学都陷入不同程度的困境。用饱经风雨、饱经磨难来形容这些国家，十分恰当。

换一个角度，侵略，瓜分，异族统治，动荡，迁徙，这一切同时也意味着方方面面的影响和交融。甚至可以说，影响和交融，是东欧文化和文学的两个关键词。看一看布拉格吧。生长在布拉格的捷克著名小说家伊凡·克里玛，在谈到自己的城市时，有一种掩饰不住的骄傲："这是一个神秘的和令人兴奋的城市，有着数十年甚至几个世纪生活在一起的三种文化优异的和富有刺激性的混合，从而创造了一种激发人们创造的空气，即捷克、德国和犹太文化。"[①]

克里玛又借用被他称作"说德语的布拉格人"乌兹迪尔的笔为我们描绘了一个形象的、感性的、有声有色的布拉格。这是一个具有超民族性的神秘世界。在这里，你很容易成为一个世界主义者。这里有幽静的小巷、热闹的夜总会、露天舞台、剧院和形形色色的小餐馆、小店铺、小咖啡屋和小酒店。还有无数学生社团和文艺沙龙。自然也有五花八门的妓院和赌场。布拉格是敞开的，是包容的，是休闲的，是艺术的，是世俗的，有时还是颓废的。

[①] 见伊凡·克里玛《布拉格精神》第44页，崔卫平译，作家出版社1998年版。

布拉格也是一个有着无数伤口的城市。战争、暴力、流亡、占领、起义、颠覆、出卖和解放充满了这个城市的历史。饱经磨难和沧桑，却依然存在，且魅力不减，用克里玛的话说，那是因为它非常结实，有罕见的从灾难中重新恢复的能力，有不屈不挠同时又灵活善变的精神。如果要用一个词来形容布拉格的话，克里玛觉得就是：悖谬。悖谬是布拉格的精神。

或许悖谬恰恰是艺术的福音，是艺术的全部深刻所在。要不然从这里怎会走出如此众多的杰出人物：德沃夏克，雅那切克，斯美塔那，哈谢克，卡夫卡，布洛德，里尔克，塞弗尔特，等等。这一大串的名字就足以让我们对这座中欧古城表示敬意。

布拉格如此，萨拉热窝、华沙、布加勒斯特、克拉科夫、布达佩斯等众多东欧城市，均如此。走进这些城市，你都会看到一道道影响和交融的影子。

在影响和交融中，确立并发出自己的声音，十分重要。不少东欧作家为此做出了开拓性和创造性的贡献。我们不妨将哈谢克和贡布罗维奇当作两个案例，稍加分析。

说到捷克作家哈谢克，我们会想起他的代表作《好兵帅克》。以往，谈论这部作品，人们往往仅仅停留于政治性评价。这不够全面，也容易流于庸俗。《好兵帅克》几乎没有什么中心情节，有的只是一堆零碎的琐事，有的只是帅克闹出的一个又一个的乱子，有的只是幽默和讽刺。可以说，幽默和讽刺是哈谢克的基本语调。正是在幽默和讽刺中，战争变成了一个喜剧大舞台，帅克变成了一个喜剧大明星，一个典型的"反英雄"。看得出，哈谢克在写帅克的时候，并没有考虑什么文学的严肃性。很大程度上，他恰恰要打破文学的严肃性和神圣感。他就想让大家哈哈一笑。至于笑过之后的感悟，那就是读者自己的事情了。这种轻松的姿态反而让他彻底放开了。借用帅克这一人物，哈谢克把皇帝、奥匈帝国、密探、将军、走狗等等统统给骂了。他骂得很过瘾，很解气，很痛快。读者，尤其是捷克读者，读得也很过瘾，很解气，很痛快。幽默和讽刺于是又变成了一件有力的武器，特别适用于捷克这么一个弱小的民族。哈谢克最大的贡献也正在于此：为捷克民族和捷克文学找到了一种声音，确立了一种传统。

而波兰作家贡布罗维奇与哈谢克不同，恰恰是以反传统而引起世人瞩目的。他坚决主张让文学独立自主。在二十世纪三四十年代，贡布罗维奇的作品在波兰文坛显得格外怪异离谱，他的文字往往夸张扭曲，人物常常是漫画式的，他们随时都受到外界的侵扰和威胁，内心充满了不安和恐惧，像一群长不大的孩子。作家并不依靠完整的故事情节，而是主要通过人物荒诞怪僻的行为，表现社会的混乱、荒谬和丑恶，表现外部世界对人性的影响和摧残，表现人类的无奈和异化以及人际关系的异常和紧张。长篇小说《费尔迪杜凯》就充分体现出了他的艺术个性和创作特色。

捷克的赫拉巴尔、昆德拉、克里玛、霍朗，波兰的米沃什、赫贝特、希姆博尔斯卡，罗马尼亚的埃里亚德、索雷斯库、齐奥朗，匈牙利的凯尔泰斯、艾什特哈兹，塞尔维亚的帕维奇、波帕，阿尔巴尼亚的卡达莱……如此具有独特风格和魅力的当代东欧作家实在是不胜枚举。

某种程度上，东欧曾经高度政治化的现实，以及多灾多难的痛苦经历，恰好为文学和文学家提供了特别的土壤。没有捷克经历，昆德拉不可能成为现在的昆德拉，不可能写出《可笑的爱》《玩笑》《不朽》和《难以承受的存在之轻》这样独特的杰作。没有波兰经历，米沃什也不可能成为我们所熟悉的将道德感同诗意紧密融合的诗歌大师。但另一方面，需要注意的是，由于语言的局限以及话语权的控制，东欧文学也极易被涂上浓郁的意识形态色彩。应该承认，恰恰是意识形态色彩成全了不少作家的声名。昆德拉如此。卡达莱如此。马内阿如此。赫尔塔·米勒亦如此。我们在阅读和研究这些作家时，需要格外地警惕。过分地强调政治性，有可能会忽略他们的艺术性和丰富性。而过分地强调艺术性，又有可能会看不到他们的政治性和复杂性。如何客观地、准确地认识和评价他们，同样需要我们的敏感和平衡。

一个美国作家，一个英国作家，或一个法国作家，在写出一部作品时，就已自然而然地拥有了世界各地广大的读者，因而，不管自觉与否，他，或她，很容易获得一种语言和心理上的优越感和骄傲感。这种感觉东欧作家难以体会。有抱负的东欧作家往往会生出一种紧迫感和危机感。他们要用尽全力将弱势转化为优势。昆德拉就反复强调，身处小国，你"要么做一个可怜的、眼光狭窄的人"，要么成为一个广闻博识的"世界性的人"。别无选择，有时，恰恰是最好的选择。因此，东欧作家大多会自觉地"同其他诗人，其他世界，和其他传统相遇"（萨拉蒙语）。昆德拉、米沃什、齐奥朗、贡布罗维奇、赫贝特、卡达莱、萨拉蒙等等东欧作家都最终成为"世界性的人"。

关注东欧文学，我们会发现，不少作家，基本上，都在出走后，都在定居那些发达国家后，才获得一定的国际声誉。贡布罗维奇、昆德拉、齐奥朗、埃里亚德、扎加耶夫斯基、米沃什、马内阿、史克沃莱茨基等等都属于这样的情形。各种各样的原因，让他们选择了出走。生活和写作环境、意识形态原因、文学抱负、机缘等，都有。再说，东欧国家都是小国，读者有限，天地有限。

在走和留之间，这基本上是所有东欧作家都会面临的问题。因此，我们谈论东欧文学，实际上，也就是在谈论两部分东欧文学：海外东欧文学和本土东欧文学。它们缺一不可，已成为一种事实。

在我国，东欧文学译介一直处于某种"非正常状态"。正是由于这种"非正常状态"，在很长一段岁月里，东欧文学被染上了太多的艺术之外的色彩。直至今日，东欧文学还依然更多地让人想到那些红色经典。阿尔巴尼亚的反法西斯电影，捷克作家伏契克的《绞刑架下的报告》，保加利亚的革命文学，都是典型的例子。红色经典当然是东欧文学的组成部分，这毫无疑义。我个人阅读某些红色经典作品时，曾深受感动。但需要指出的是，红色经典并不是东欧文学的全部。若认为红色经典就能代表东欧文学，那实在是种误解和误导，是对东欧文学的狭隘理解和片面认识。因此，用艺术目光重新打量、重新梳理东欧文学已成为一种必须。为了更加客观、全面地翻译和介绍东欧文学，突出东欧文学的艺术性，有必要颠覆一下这一概念。蓝色是流经东欧不少国家的多瑙河的颜色，也是大海和天空的颜色，有广阔和博大的意味。"蓝色东欧"正是旨在让读者看到另一种色彩的东欧文学，看到更加广阔和博大的东欧文学。

二〇一三年十月三十一日定稿于北京

主编简介：高兴，诗人、翻译家，一九六三年出生于江苏省吴江市。中国作家协会会员。现为中国社会科学院外国文学研究所研究员，《世界文学》主编。曾以作家、翻译家、外交官和访问学者身份游历过欧美数十个国家。出版过《米兰·昆德拉传》《东欧文学大花园》《布拉格，那蓝雨中的石子路》等专著和随笔集；主编过《二十世纪外国短篇小说编年·美国卷》（上、下册）、《伊凡·克里玛作品系列》（5卷）、《水怎样开始演奏》、《诗歌中的诗歌》、《小说中的小说》（2卷）等大型图书。主要译著有《梵高》《黛西·米勒》《雅克和他的主人》《可笑的爱》《安娜·布兰迪亚娜诗选》《我的初恋》《索雷斯库诗选》《梦幻宫殿》《托马斯·温茨洛瓦诗选》等。

期待一个承载良知的幽灵

(中译本前言)

邹 琰

伊斯梅尔·卡达莱可称得上是阿尔巴尼亚当代最为著名的作家。他自六十年代登上文坛以来,在迄今四十余年的创作生涯中发表了众多的作品,其小说世界时空之博大,维度之悠远,人物之多样,实在是令人叹为观止:从古老的埃及(《金字塔》)跨越欧洲大陆直至中国(《长城》),从可知可感的现实世界到无可触摸无以名状的奇幻世界(神界、梦幻世界、地狱世界),从人类的故事到超人的传奇和神话,从最为悠远的古代荷马史诗到近在眼前的东欧铁幕降落;他的人物有高官显贵,也有普通凡人,有暴君,有奴隶,甚至还有魔鬼、神和幽灵。而《谁带回了杜伦迪娜》的主人公就是其中一个穿越生死、穿越东方与西方的幽灵——康斯坦丁。

《谁带回了杜伦迪娜》来源于一个巴尔干半岛的传奇故事,一个类似 saga 的民间叙事诗:死去三年的康斯坦丁从墓中出来去实现自己生前的承诺,把自己嫁到远方的妹妹带回到母亲身边。这是卡达莱非常偏爱的一个故事,他在自己的作品中前后三次使用了这同一个题材。对于一个出身于东欧社会主义国家之后又申请在西方国家避难的作家来说,卡达莱具有这类作家普遍的命运:他的作品总是被当作政治的副本来进行解码,西方批评家实际看到的是他对东欧政治社会现实的批评,而很少看到除此之外的审美价值和对一些永恒文学主题的探讨。昆德拉的《玩笑》总被人看作是一个政治玩笑,而他本人却无奈地说自己只是写了一个爱情故事。昆德拉的命运,也是卡达莱的命运。杜伦迪娜和远方的联姻,首先被解读为和中国的政治联姻;杜伦迪娜的出走,被认为是和中国的决裂;康斯坦丁即便身死仍然坚持实现承诺的行为,被认为是卡达莱坚守盟约的一种隐喻。

当然,我们不得不肯定,卡达莱的作品仍然是现实主义性质的,他小说中所反映的首先仍然是现实政治生活中的阿尔巴尼亚:它"处在罗马和拜占庭两个宗教当中,在两个世界当中,在西方和东方当中,就好像被老虎钳钳住了。从这两者的冲突中只会让人等到漩涡"。无论乐意与否,西方读者——中国读者更甚——总会把这本几乎创作于与中国断交同时期的小说看成是这一政治现象的反映,甚至是"镜子"或"传声筒"。因为卡达莱借书中人物之口对远近婚姻的争论,也是阿尔巴尼亚国内与外界联系各种意见的反映,崇尚就近婚姻也不啻是对其最终闭关锁国这一政治现象的影射。卡达莱甚至借着康斯坦丁阐述了自己的政治理想、自己对阿尔巴尼亚未来命运的设计:要"从内心最深处建立和承诺一样崇高的制度",要保留"自己自远古以来的五官",自己"永恒的面孔",而不是为了生存不断地毁容,不断地贴上不同的面具。

然而,悖谬的是,这样一个现实主义的故事立足于一个非现实的基石:一个从坟墓里出来的死人。如果我们一开始读希腊神话故事或者是什么幽灵故事,我们事先就给这个世界打上了"神话"的标签,所以,一切皆有可能。然而,《谁带回了杜伦迪娜》不同,从一开始,斯特斯上尉就在告诉我们,死人是不可能从坟墓里出来的,言下之意,大家都处于现实世界。然而,小说的最后,告诉我们这一切都是一个死人干的,最孜孜以求寻找真相的斯特斯上尉由抵制幽灵故事的人变成了幽灵的捍卫者,由此,我们之前所知道的一切真实都是虚妄,而我们认为虚妄的却变成了真实——轰!世界倒塌了!真实不再是真实,虚幻不再是虚幻。何为真实?何为虚幻?世界变成了一个令人茫然的谜,作为读者的我们陷入真真假假、无止境的追问当中。

卡达莱却并不在意。他肯定会反驳:卡夫卡在《变形记》里并没有告诉你格里高利·萨姆沙为什么会变成一只甲虫,加西亚·马尔克斯在《百年孤独》里也不会回答人为什么会活上一百年,那我为什么要说明死人为什么会从坟墓里出来?——诚哉斯言。卡达莱小说里的神秘和卡夫卡、加西亚·马尔克斯的小说中的荒诞魔幻,其实是异曲同工:虚构比真实更真实,虚构更加凸显了人性的真实。他继承了这两者的笔墨,在一个虚构的传奇故事上,书写更为真实的人性和更加真实的世界。而且,他在具备前两者深刻的洞察力上,更增加了谋篇布局的能力:他仿佛是柯南道尔一般,在小说中将真实和虚幻玩弄于掌中,等到读者入彀猝不及防之时突然打破读者的幻想,情节一波三折,耐人寻味。

由是观之,康斯坦丁从坟墓里出来只是一个引子,卡达莱却借这一事件将阿尔巴尼亚的宗教冲突、战争灾难和分裂、闭关锁国的政治现实纳入自己的构图背景中,同时纤细入微地描绘了众生相,将大主教、副手、妻子、哭丧妇等人物也一一勾勒在这一巨型图画里。他立在一边,不动声色地冷眼旁观,听着各色人等叽叽喳喳。他书中的阿尔巴尼亚,没有具体的历史时期,不知其所起,亦不知其所终。然而,在这一片阴雨寒冷的原野上,它却显得分外的真实:这是一个永恒的阿尔巴尼亚,传说的古老象征着它的古老,康斯坦丁的跨越生死正是阿尔巴尼亚超越时空的体现。它存在于无尽的时间和空间之中，然而正在遭受着劫难，战争、宗教、疾病的轮番袭击。它就像弗拉纳也这个最古老的家族一样，只剩下了空壳，凄凉地立在那里；它就像那多次提到的老太太家里的圣像、墓地壁龛里的圣像一样，在烛台下晦暗不明，流着眼泪。

有很多故事，我们猜中了开头，却猜不中结尾。卡达莱的故事就是如此，不到最后关头，谁也不知道，在卡达莱的背后，究竟藏着什么样的一张脸。或许，这些都是他的脸，都是他脸的一部分，只有将这些全部都细细地描绘，才能管窥一下全貌。

法文版编者序

康斯坦丁在卡达莱的人物长廊里是唯一真正的异端分子。他远远不是一个公开的政治反对派，他属于幽灵一类，就像哈姆雷特父亲的幽灵，回来导致了活人的混乱。伊斯梅尔·卡达莱在一个罗曼蒂克的传奇后面埋伏了一段康斯坦丁和杜伦迪娜的民间传说叙事诗，来写作自己最纯洁无辜也最政治化的作品。这个传说叙事诗有好几个版本，作家选择了一个他看起来最丰富最灵巧的阿尔贝勒什人——从中世纪就定居在意大利南部的阿尔巴尼亚人。也许这些在奥斯曼土耳其人来到之时就逃亡的人是能够生动地保护这种传奇的最好人选，他们与这个在生死之间来来往往的康斯坦丁有着默契。很少有阿尔巴尼亚作家利用这个传奇叙事诗，但是卡达莱很早就用上了，从一九六二年在纸上进行《草原众神的黄昏》最早的摸索的时候。作家认为还没有穷尽这个传奇的所有可能，在《亡军的将领》中短暂地露了一下脸之后，在《谁带回了杜伦迪娜》里他采取了充分的小说手法。

当伊斯梅尔·卡达莱在七十年代末开始写作《谁带回了杜伦迪娜》的时候，阿尔巴尼亚刚刚和中国断交，选择与世隔绝。这个时候，康斯坦丁从墓中站起来要从阿尔巴尼亚出去，从墓中出去。在骑马穿越了欧洲的漫长旅途之后，杜伦迪娜被找到了，她和一个外国人结了婚，这在斯大林时期的阿尔巴尼亚是不能容忍的行为。所以这两个武功歌里的人物是在闭关锁国的沙文主义官方意识形态下自愿身陷险境的。杜伦迪娜来自和世界交流的愿望，小说就像海上的漂流瓶。康斯坦丁张扬了誓言、诺言，召唤个人在更美好的自身里持有的东西。阿尔巴尼亚在孤立中能够幸存多亏了一些新的伦理价值观，而康斯坦丁就是其代言人，斯特斯在他最后的发言中陈述了这些伦理价值观。

对于当时的阿尔巴尼亚来说这太过分了，批评家用最苛刻的语言迎接这本书的出版。几年以后的作家整风会，卡达莱因为《梦幻宫殿》被放逐，他们也没忘记提醒他《谁带回了杜伦迪娜》这本书的"缺点"。

传奇还并不只限于此：杜伦迪娜的小说好像还没有穷尽其象征能力，一九八四年，卡达莱在小说《影子》中又重新犯罪了，他把东欧国家的知识分子看成是康斯坦丁，他在铁幕另一边的每一次旅行就相当于走出坟墓奔向光明和生命的一次出游。

《谁带回了杜伦迪娜》在阿尔巴尼亚出版于一九八零年，在一本题为《冷血》的叙事集子中，放在《破碎的四月》这样的文本旁边，而后者又露出了幽禁的主题。所以作者把《谁带回了杜伦迪娜》这本书贬到了中篇小说的行列，在书店里放在相当不引人注目的角落，作者也因为刚刚脱离炼狱阶段，想避免给这些文章打上"小说"的印戳。

第一章

听到敲门声的时候,斯特斯还躺着。他试图把头埋在枕头下,希望闷死那声音。但敲门的力道加大了,哪个见鬼的天亮前就来敲我的门?他低声抱怨着掀开被子。下楼梯的时候他听到了第三次敲门声,不过,从金属门环的敲击节奏里,他现在可以猜出谁在门后面。他滑动门闩,把门拉开。"哪个该死的让你天还没亮就把我从床上扯起来?"——就算他口里没说,他的神情和他鼓起的眼睛也表达了这个意思。

"出事了。"他的副手抢着大声说。

斯特斯疑惑地狠狠看了他一眼,好像在说:瞧瞧出了什么事,可不可以给你理由在这样冒失的时候来。但是他很清楚这个人很少做这样的蠢事,每次他准备要训斥他的时候,都会看到自己被迫打退堂鼓。现在这样的情况下,他很想他的副手真的出错了,这样就能够把自己全部的坏情绪发泄在他身上。

"那么?"他重复一句。

来人眼光在长官的眼睛上停留了一会儿后闪开，后退一步，解释说：

"昨晚，弗拉纳也家的女儿杜伦迪娜来了，情形很神秘，现在，他的遗孀和女儿两个都生命垂危。"

"杜伦迪娜？"斯特斯大吃一惊，"这怎么可能？"

副手喘了口气，轻松下来：他之前的敲门证明是对的了。

"这怎么可能？"斯特斯揉着眼睛重复着，好像是想擦掉所有残存的睡意。事实上，他睡得很糟。出差半个月，回家的第一个晚上，过得这么难受，还从没有过呢。那只是一个长长的噩梦。"这怎么可能？"他第三次说，"她嫁得那么远，甚至连家里的丧礼也回不来。"

"正是，"副手接过话，"我刚刚对您说了。她回来的情形极其神秘。"

"后来呢？"

"嗯，母女俩都躺在床上，快死了。"

"奇怪！你怀疑有犯罪的事？"

另一个人否定地摇了摇头。

"我认为不是。这更像是强烈震惊的后果。"

"你看过她们了？"

"是的。两个都在呻吟，或者说差不多在呻吟。母亲问：'谁带你回来的，我的女儿？'而女儿回答：'是我哥哥康斯坦丁。'"

"啊,她这么说:'康斯坦丁?但是,老天爷啊,他死了三年了,和他其他的兄弟……'"

"据那些在她们床前的邻居太太们说,母亲就是这么回答女儿的。但她女儿坚持认为自己昨晚就是和哥哥来的,午夜稍过一点。"

"怪事,"斯特斯说,同时在心里想着,"恐怖!"

他们面对面,一言不发,呆了会儿,直到斯特斯颤抖起来,发现自己没穿衣。

"等等我。"他说完,回去了。

妻子惺忪的声音从里面传来,问他:"什么事情?"然后是他的回答,听不清说了什么。过了一会儿,他出来了,穿着地区上尉的制服,显得又高又瘦。

"我们去她们家吧。"他说。

他们静静地走了一段路。几片白色的玫瑰花瓣落在一扇门前,好像可以帮助斯特斯回忆起梦中短暂的片段。奇怪,他睡得辗转不安,竟然还会有梦潜入。

"这真是超乎寻常。"他低喃。

"几乎难以置信。"副手更进一步。

"说真的,我一开始就忍不住怀疑。"

"我注意到了。事实上,这是不能让人相信。这就像一个谜。"

"甚至不止,"斯特斯说,"我越想,越觉得这看起来不可思议。"

"关键在于,要查出杜伦迪娜怎么回来的。"副手阐述。

"是吗?"

"要是人们查出是谁陪她回来的,或者更进一步,查出她回来的情形,事情就清楚了。"

"是谁,"斯特斯重复,"什么方式……很明显,她没说真话。"

"我问了她三次她怎么来的,她都没给我解释,她隐瞒了事情。"

"她知不知道她所有的哥哥,包括康斯坦丁,都已经死了?"斯特斯问。

"我不清楚。我觉得她不知道。"

"可能她不知情,"斯特斯说,"她嫁得那么远……那么远……"

令他极其惊讶的是,他觉得自己的下颔沉重起来,好像很难吐出其他的字。我怎么了?他自忖着。他的肺部似乎变得沉沉的,似乎里面容纳的空气满载着灰尘。

他加快脚步,这有助于驱散他的迟钝。

"我刚刚在说什么?"他又说,"啊,对了……她嫁得那么远,婚礼之后一次也不能回家。据我所知,这是她第一次回来。"

"如果说九个哥哥死的时候,她都没赶回来,那就证明,对这不幸她还完全蒙在鼓里呢。那个老太太经常抱怨,在那样大悲的日子里,女儿不在身边。"

"她住的波西米亚森林离这至少要走两个星期,没准还更久。"斯特斯提醒。

"是啊,没准还更久,"副手重复,"那几乎是在欧洲中心。"

行进的时候,斯特斯发现另外一些白色玫瑰花瓣散落在路上,好像某只看不见的手在夜里采过花。有一会儿工夫,他觉得在哪个地方看到过它们,但他记不真切自己的梦了。他也感到前额痛。先前的夜里,梦肯定就是从那个地方钻进去的,之后,也许是在黎明时分,它又从同一个地方出来,把它造成的伤痕重新唤醒。

"不管怎样,肯定有人陪她。"他说。

"是的,但会是谁呢?她母亲当然和我们一样,不会相信她女儿声称的那样,是和死人一道来的。"

"那她为什么要隐瞒她和谁回来的事呢?"

"我解释不了。这一切太晦暗了。"

他们又静静地走了一段路。秋天的空气很凉。一些乌鸦呱呱叫着低低飞过,斯特斯的眼光追随了它们一会儿。

"要下雨了,"他说,"乌鸦像这么呱呱叫着的时候,就是因为暴风雨快来了,它们耳朵痛。"

副手将眼光转向相同的地方,但是没说话。

"你刚刚说什么来着,某个打击可能造成了两个女人生命垂危。"斯特斯说。

"是的,这肯定是因为非常强烈的情绪……(他避免了'可怕的'这个词,因为长官曾提醒过他,说他总是在不恰当的时候滥用这个词),既然两个女人都没有显出任何打击的痕迹,她们突然的崩溃肯定源自一种精神上的震荡。"

"你认为母亲突然发现了什么可怕的事?"斯特斯问。

副手盯着他。刹那间他想,他,就可以随心所欲地用词,但是当别人用同样的词的时候,他就要别人把这些词咽回喉咙。

"母亲的发现?"副手说,"我更倾向于认为她们两个同时都有一个可怕的发现,正如您刚刚指出的。"

继续猜测着母亲和女儿互相造成的打击(出于职业癖性,斯特斯和副手在自己的话中,越来越用上了调查报告的措辞),他们大致重构了应该发生在午夜的场景:在一个异乎寻常的时间,老房子门上响起敲门声,于是,老太太问:"是谁?"一个声音在外面回答:"是我，杜伦迪娜。"老太太被这突然的敲门声弄得很慌乱，深信那不可能是她女儿的声音。去开门的时候，为了消除一丝疑虑，她问："谁带你回来的？"必须说明，她一直在寻找抚慰自己痛苦的人，一直在等女儿回来，已经空等三年了。外面，杜伦迪娜回答："是我哥哥康斯坦丁带我回来的。"就在那时，老太太受到了第一次打击。尽管她可能摇摇欲坠，不过她还是有力气回答："你在那儿对我说什么呢？康斯坦丁和他哥哥在土里躺了三年了。"这下轮到杜伦迪娜被击中了。要是她真的以为是她哥哥康斯坦丁带她回来的，那么对她的打击就是双重的了，因为她若知道康斯坦丁和其他兄弟都死了，就会立马意识到，她和一个幽灵跋涉了过来。老太太那时找到力气开了门，心里还是希望着她没有听清那个年轻女人的话，或者说她听到声音了，但还是希望不是杜伦迪娜敲的门。也许门外的杜伦迪娜，也希望自己听错了。但是，门一开，她们重复了自己刚刚说的话，彼此狠狠地给了对方一个致命的打击。

"不，这一切也不大可信。"斯特斯说。

"我也是这么认为，"副手说，"但有一件事是笃笃定定的：要让这两个女人变成那副模样，肯定在两个中间发生了什么事。"

"发生了什么事，"斯特斯重复，"肯定有事发生过,所以你要去搞清楚!女儿的一个可怕的故事,也是母亲的一个可怕的发现……或者……"

"就是那家了,"副手说,"也许我们就会知道些什么了。"

远远地,那栋大宅子出现在一段开阔空间的尽头,凄凉无比。在这段路上,潮湿的土地上铺满了枯叶。以前这里是公国最宽敞最显要的一家,后来流露的却是哀悼和荒弃。上面几层窗户的百叶板大都是关着的。屋檐有些地方破损了。门前的地上,那些树的树顶光秃秃的,树干弯曲,长满了苔藓,显得一片荒芜。

斯特斯回忆起三年前弗拉纳也家九兄弟的葬礼。那是一连串的不幸,一个比一个更让人难以忍受,人们只能在失去理智时,才会失去对此的记忆,但是那样的灾难——一个星期内同一个家庭九具年轻人的棺材——在任何一代人的记忆中都不可能再找到。这一切都发生在这家唯一的女儿杜伦迪娜盛大的嫁礼五个星期之后。一支诺曼底军队突然发动攻击,和从前一户只招募一个男性不同,那时全国男性都动员起来了,于是九兄弟都去参战。常有同一家几个兄弟出发去参加更为血腥的战斗,可还从没有哪家超过一半的子弟同时战死。但是,这一次,敌军很特别:这是一支感染了鼠疫的军队。结果所有参战的人,无论是胜者还是败者,都同样死去了,有些死在战斗中,另一些战争一结束就死了。所以很多家庭要哀泣两个、三个,甚至四个死去的亲人,但唯有一个家庭要哀悼九个:那就是弗拉纳也家。人们想不出还有比那更庞大的葬礼。公国里所有的伯爵、男爵,还有亲王本人都出席了,更别提临近公国的达官显要了。

斯特斯对这一切都还记得很清楚,他尤其记得那喧嚣的传言:这么不幸的日子,母亲唯一的女儿杜伦迪娜怎么没在身边!确实,杜伦迪娜是唯一没有得知不幸的人。

斯特斯叹了口气。这三年过得真快!大门半开,木门扉有的地方被虫蛀了。他走在副手前面,穿过天井,进到传来窃窃私语、细小声音的房里。两三个有点年纪的女人,看起来是邻居,她们用惊讶的眼睛打量着这两个新来的人。

"她们在哪儿?"斯特斯问。

一个女人用头示意,指着一扇门。斯特斯带头进到一个宽敞但不大亮的房间,目光立马被迎面两个角落面对面放置的两张大床吸引住了。两张床附近都有一位女人,眼睛盯着身前。墙上挂着圣像,很久没点过的壁炉上放着两个大铜烛台,在房间凄惨的氛围中施舍着一种极端的明亮。一个女人头转向他们。斯特斯停了一会儿

后,示意她靠近:

"母亲躺在哪边?"他低声问。

那女人用手势指出了其中一张床。

"让我们单独待会儿。"斯特斯说。

女人半张开口,也许想表示反对,但是,眼光一落到斯特斯的制服上,便沉默了。她走向那个年纪大点的同伴,然后两人静悄悄地出去了。

为了不发出声音,斯特斯小心翼翼地走着,靠近那张床,老太太躺在那儿,头上戴着白色的睡帽。

"夫人,"他低声说,"母亲大人(自从她儿子们死后,人们就习惯这么叫她),是我,斯特斯,您认得我吗?"

她睁开眼,那眼睛似乎被惊恐和忧伤冻结了。他承受了一会儿她的目光,然后,头稍稍靠近白枕头,低声道:

"您觉得怎么样,母亲大人?"

她的眼里流露出无法理解的东西。

"杜伦迪娜确实昨晚回来的吗?"斯特斯问。

躺着的女人用眼光回答"是"。然后她把眼睛定在斯特斯身上,好像也向他提了一个问题。斯特斯呆立了一会儿,犹豫着。

"这是怎么发生的?"他用很低的声音问,"谁带她回来的?"

老妇人用一只手遮住了眼睛,然后头动了一下,让人明白她那时候昏过去了。斯特斯握住那只手,很费力地找着她的脉搏:脉在跳动着。

"叫个女人来。"斯特斯悄声对副手说。

副手出去了,过了一会儿,带回来一个刚离开这个房间的女人。斯特斯放下老妇人的手,用同样悄无声息的步子走近杜伦迪娜躺着的床。枕头上,他可以看到她金黄色的头发。他觉得一阵心紧。但这对刚发生的事情来说是一种奇特的感觉。曾有一种遥远的心紧和婚礼联系在一起,那是三年前。那时候,她骑在白色的婚礼坐骑上,在新嫁娘的亲友队伍中远去,他那时觉得心揪紧了,紧到他自问是什么抓住了他。所有人都显出忧伤的面色,不仅是杜伦迪娜的妈妈和兄弟,还有所有的亲人,因为这是这个国家第一个嫁得那么远的年轻姑娘。但是斯特斯的伤感性质很特别。在她远离的那一刻,他突然意识到这些日子来在他心里感受到的感情并非别的,正是爱情。但这是一种弥散的爱,从未凝聚过,他自己也曾轻轻阻止过这爱凝聚。这就像早晨的露水,在醒来后的头几分钟出现,然后就在白天黑夜的其他时间里消逝。这淡蓝色的轻雾试图凝聚而形成云彩的唯一时刻,就是它离开的时候。但那只是短暂的一刻,很快就被遗忘。

斯特斯站在杜伦迪娜的床前,久久地注视着她的脸。她的脸还是一样美,甚至比以前更美,唇部的线条让嘴唇显得既饱满又轻盈。

"杜伦迪娜。"他用极低的声音叫着。

她睁开眼。在她眼底,他发现一种任何东西都无法填满的空虚。他试着对她微笑。

"杜伦迪娜!"他又叫了一声,"欢迎你!"

她继续定定地看着他。

"你觉得怎么样?"他咬着字清楚地说,无意识中,抓住了她的手。手很烫,"杜伦迪娜,"他又温柔地重复,"你昨天午夜后到的,是吗?"

她用眼光回答"是"。他本想把那个折磨他的问题往后推,可是它自己就蹦出来了:

"谁带你回来的?"

在他的眼中,年轻女人的眼睛仍然凝固不动。

"杜伦迪娜,谁带你回来的?"他重复道。他自己的声音在他看来有点怪。这个问题本身充满了惊恐,他恨不得把它收回,但为时已晚。

她的眼睛没离开他,两眼中带着让人悲伤的空洞。

现在,你要进行到底,他对自己说。

"你对你妈妈说是你的哥哥康斯坦丁,是吗?"

她又用眼睛表示肯定。斯特斯努力想从她的眼里撵出某个不理智的信息，但是在那完全的空洞中，他什么也读不出来。

"我想你该知道，康斯坦丁已经过世三年了。"他用同样微弱的声音说着。他觉得自己的眼泪涌出，之后看到了她眼里的泪珠。这不像别人的眼泪，半是分明，半是无可触摸。沉浸在泪水下，杜伦迪娜的脸庞变得似乎更加遥远。那在我身上发生了什么？她的目光现在似乎在问。为什么你们不相信我？……

他慢慢把头转向副手和那个站在母亲床边的女人，示意他们出去。然后，重新朝年轻女人弯下腰，抚摸她的手。

"那你是怎么来的，杜伦迪娜？这么长的路你是怎么走完的？"

他觉得有什么东西正在努力填满她那睁得分外大的眼睛。

一小时后，斯特斯出来了。他脸色惨白，既没有回头，也没有对人说话。他朝门口走去。副手跟上他，有两三次，想要问他杜伦迪娜有没有讲什么新的东西，但又不敢问。

当他们经过教堂的时候，斯特斯显出想进墓地的样子，但在最后关头，改变了主意。

他们继续走着，副手觉得，那些好奇者的眼光，正聚集在他们身上。

"这个问题挺棘手的，"斯特斯说，没看自己的副手，"我觉得这事会引起谣言。为了以防万一，我们最好给亲王公府发个报告。"

致亲王公府。紧急。

  我认为有必要告知您本月十一日凌晨发生在弗拉纳也贵族家中的事件，此事件可能会产生无法预见的后果。

  十月十一日清晨①，自其九子死于战场之后一直独居的弗拉纳也老太太被人发现和其女儿杜伦迪娜在一起，陷入极度震惊的情绪当中。据其女儿所言，她是在其亲哥哥康斯坦丁的带领下于夜间到达的，而后者却已于三年前与其他兄弟一同死去。

  在去过现场并尝试与两位不幸的女性交谈过后，我的结论是，她们均没有精神上无法承担责任的迹象；尽管她们直接或间接提出的事情都完全是含混不清和令人难以置信的。在此应强调，她们都

---

① 根据上下文，应该为十月十二日清晨。

对对方造成了打击，女儿告诉母亲自己是由哥哥康斯坦丁带回来的，母亲则告诉女儿康斯坦丁和其他兄弟一起离开人世已经很久了。

我试图和杜伦迪娜交谈，而我在她混乱当中从她身上所能收集到的信息，稍稍总结如下：

不久前的一个晚上（她不记得准确日期），在她婚后与丈夫居住的中欧小城，有人告诉她有个陌生行人找她。她走出来，发现外面是个骑着马的人，刚到，看起来像康斯坦丁，虽然他刚刚穿越的漫长路途上的灰尘几乎使他无法被人看清。但是当这个行人从高高的马上向她确认自己就是康斯坦丁，来带她走，送她回娘家，履行自己在她婚前所发的誓言，杜伦迪娜就放心了。（在此应当再提一下杜伦迪娜当时嫁到远乡去时引起的传言，其他兄弟尤其是她母亲反对杜伦迪娜嫁得那么远，而康斯坦丁则坚定支持这个婚礼，并最终发誓，只要母亲想女儿了，就会将杜伦迪娜带回到母亲身边来。）

杜伦迪娜向我坦承，她哥哥的行为看起来相当奇怪，因为他不下马，甚至拒绝进到家里，他坚持要尽早带她走。当她问他为什么要那么匆忙地出发——因为，如果是喜事，她就要套上一条宴会的礼服，如果是祸事，就穿上丧服——他没有任何形式的解释,只是回答她说:"就这样走吧。"这一切都不自然,而且,也违反了所有的礼节。但是,由于在这三年中,她因为对家人的思念而委顿("我在那儿生活在无法言喻的寂寞当中",她说),她便没有犹豫,给丈夫写了个条,就坐在哥哥马后由他带走了。

据她所说,旅程十分漫长,尽管她无法确切地说出走了多长时间。她说她只记得一个无休无止的夜,数不尽的星星成群地飞过天空,不过,这种景象也许是骑在马上,除了或长或短的昏睡以外,就一直没有尽头地前进给她造成的暗示。值得在此强调的是,她不记得在白天赶过路。这种印象可能是两种方式传递给她的:要么她白天都在昏昏沉沉睡觉,什么都不记得;要么骑士和她两个都在黎明休息睡觉,等到夜晚再继续旅程。从这后一个假设可以推断出,骑士只希望夜里赶路。杜伦迪娜如果不是精神状态的问题,那么,疲惫不堪的她也会在脑海中,把十天或十五天的行程(通常去波西米亚要花的时间)压缩为一个漫长的没完没了的深夜跋涉。

在路上,因为紧靠骑士,她留心到他的头发不仅布满灰尘,还有没怎么干的泥土,他的身体散发出一种潮湿土地的气味。有两三次,她就此问过他。他回答她说他在路上淋了几次雨,沉积在身上头发上的灰尘湿了就凝结成泥块了。

最后,十月十一日到十二日的午夜时分,神秘人(我们这样称呼杜伦迪娜当成哥哥的那个人)和杜伦迪娜到了母亲大人家附近,他停下马,要同伴下马自己回家,因为他有事要去教堂。没等她回答,他就朝教堂和墓地走去,她这时就跑到家敲门。老太太从屋里问是谁,于是母女俩交谈的几句——女儿出声说是和康斯坦丁来的,母亲则回答说康斯坦丁死了三年了——给两人都造成了打击,把她们击垮了。

必须承认,整个事件晦暗不明,可以用两种方式来解释:或者有人因为某种原因欺骗了杜伦迪娜,为了带走她,让她把自己当成她哥哥;或者杜伦迪娜自己因为未知的原因没有说真话,隐瞒了她来的方式,或者隐瞒了带她回来的人的身份。

我认为有必要就此事作较为详细的汇报,因为这涉及到本公国最为高贵的一个家族,此外,此事的性质有可能严重扰乱人心。

斯特斯上尉

斯特斯在报告上签名画押后，茫然地凝视着自己倾斜的字体。有两三次，他抓起笔，很想再次趴到纸上去添加、删除或者修改某个段落，但是，每到要做的关头，手又凝住了，最终没有改动文字。

他慢慢站起来，把信塞进一个信封，封上，叫来邮差。邮差一走，他就在窗后眼看着邮差远去。他在那里呆了很长时间，觉得头越来越痛了。无数的假设蜂拥而至，好像要通过一道窄门进入脑海。他揉揉前额，似乎想阻止它们涌来。为什么一个神秘行人会做出这些？如果不是骗子，那问题更加棘手：杜伦迪娜隐瞒了什么？他在办公室踱来踱去，每次走近窗边，都看到邮差的背影在掉光了叶子的杨树中越来越小。突然他想，要是这两个假设哪个都不正确，要是发生了其他人的思想难以理解的事呢？谁知道我们每个人的心里都藏着什么呢？

他的眼睛没来由地凝视着窗玻璃。这玻璃幕墙，在其他任何时候，对他来说，都是世上最平凡最简单的东西，这时，他突然也觉得充满了神秘。它就在那里，在生命的中央，既脱离世界也联系世界。古怪，他低语着。

斯特斯最终抖掉自己全身的麻木。他背朝窗户，叫着副手，下了楼梯。

"去教堂，"听到身后副手的脚步声和喘息声时，他说,"我们去查查康斯坦丁的墓地。"

"好主意。说到底,整件事也只是看是不是有人出了坟墓才有意义。"

"我没想到这样荒谬的事,我脑中是其他的事。"

他步子越跨越大,心想着:为什么我对这件事这样上心?事实上,既没有发生谋杀也没有犯罪,也没有其他任何自己作为地区上尉该管的不法行为。刚刚起草报告的时候,他有两三次考虑到这一点:我是不是不要急着用这样一个毫不重要的事件去惊动亲王公府呢?但是,内心有个声音对他说,完全不是这样。同样的声音重复着告诉他发生了不得了的事,超出了单纯杀人或其他犯罪行为的范畴,所有的谋杀和其他重罪在这件事面前都好像是简单的琐事。

小教堂和刚刚才装修过的钟楼已经很近,但斯特斯突然偏离方向,拐进公墓,不是通过铁栅栏进去,而是通过一道很难注意到的小木门。他已经很久没有来公墓了,很难在这找到方向。

"从这走,"副手踩着步子对他说,"弗拉纳也家儿子的墓应该在那。"

斯特斯跟着副手的步子。有的泥土被松过。半在暗处的小圣像身侧的大烛台上淌着蜡滴,散发出沉静的忧伤。有些墓爬满了苔藓。

斯特斯弯下腰，想把一个翻倒的十字架重新立起，但它太重了，他不得不松手，继续前进。他看到副手在远处给他做手势；他终于找到他们的墓了。

斯特斯走过去。墓排得整整齐齐，被黑色石板覆盖，它们一模一样，全部都让人同时联想到十字架、剑、张开手臂的人的形状。每个墓的前方立着一个放圣像和烛台的壁龛，死者的姓名刻在下面。

"这就是他的墓。"副手压低声音说。

斯特斯抬起头，注意到他脸色苍白。

"你怎么啦？"

副手用手势指着那个墓。

"您仔细看，"他说，"石板移动过了。"

"真的？"斯特斯说着弯下腰，朝副手指给他的方向仔细看。他费了好长一段时间，细心地查看那个地方，然后重新直起身："是的，没错，有东西被动过了。"

"我早就清清楚楚地告诉过您。"副手说着，声音中夹杂着看到长官赞同自己意见的满意和一阵新的恐惧。

"不过，这也说明不了什么。"斯特斯提醒着。

副手摇头愣住了。他的眼睛好像在说：是的，当然，一个长官必须在任何情况下都保持尊严，但有的时候还是应该忘记等级、职权等其他东西。

一轮憔悴的太阳艰难地从云层后面冒出来。他们抬起头，有点惊愕，但是都没有说出在这种情境下每个人都会想到的话。

"不，这说明不了什么，"斯特斯重复，"首先因为这些石板可能是自己坍塌的，大部分墓地过上一段时间都会发生这样的事。再说，即使我们承认这些石板是人为移动的，这个人有可能就是那个神秘人，他在冒名顶替之前，就先翻动了墓地的石头，好让死者从这里出去的假象显得更逼真。"

副手目瞪口呆地听着，他准备说些什么，也许想发表反对意见。但斯特斯不给他时间讲话。

"或者，"他又说，"更有可能，他是在快到家时离开杜伦迪娜来做的这些。很可能他那时来到这里，在消失之前移动了坟墓的石块。"

斯特斯看起来很累，目光游离在面前开阔的平原上，好像在寻找那个神秘人从哪个方向离开似的。从那可以看到弗拉纳也家两层楼的房子、部分乡村，还有消失在地平线的大道。就是在这个场所，在教堂和那个忧伤的家之间，发生了十月十一日夜里的神秘事件。"你先去，我有事去教堂……"

"事情应该就是这样发生的，"斯特斯说，"要是她没撒谎的话。"

"要是她没撒谎?"斯特斯的副手重复,"长官,您是暗示谁?"

斯特斯没回答。在他们身后,被轻轻遮住的太阳终于勾勒出了他们的影子。

"她……嗯,或者是杜伦迪娜自己,也或者是她母亲……或者其他任何人:你,我……这有什么不可理解的吗?"斯特斯发作了。

副手耸耸肩。慢慢地,他的脸上回复了自然表情。

"好了,我,我会找到这个人。"斯特斯提高声音说。这几个字从他牙缝里说出来,就像从刀鞘里出来,带着一声威胁的刀鸣声。副手认识自己的长官很久了,一下子就明白,长官充满激情,会越过自己的权限去寻找神秘人,澄清整件事。

走在路上,他不时地让目光落在自己上司的影子上。比起在他本人身上,他在斯特斯的影子上更能看出斯特斯是多么心绪不宁。他甚至觉得,这个人分成了两半,这一半立在另一半身旁,来帮他解开谜团。

第二章

斯特斯颁发了一道命令,当天把命令传达到所有的旅店和水陆驿站。他要求这些地方告诉他,在十月十一日到十二日的午夜之前,是不是在哪个地方看到过一个男人和一个女人骑在同一匹马上,或者骑在两匹马上,或者用其他交通工具赶路。看到的话,需要说明,他们走的哪条路,有没有住过旅店,有没有给自己、给他们共骑的马或者给他们的两匹坐骑要过吃的,如果可能的话,还要告诉他,他们之间看起来像是什么关系。最后,他也想弄清楚人们有没有见过一个单身没有陪伴的女人。

"现在,他们再也不可能避开我们了,"斯特斯对副手说。那时信使班长正告诉他说,通报都已经寄到最偏远的角落了,"一男一女同骑,这个画面在脑海中会很深刻,不是吗?不过,看到他们骑在两匹马上,多少也应该会产生同样的效果吧。"

"说得有理。"副手表态说。

斯特斯抬起头，开始在办公桌和窗户之间踱来踱去。

"肯定会发现他们的踪迹的，除非他们是在云里飞。"

副手抬起头。

"但是整件事看起来恰恰就可归结为这样：云中穿行！"

"你还那么认为？"斯特斯微笑着说。

"所有人都那么认为。"副手回答。

"别的人，有权利么认为，但是我们不能。"

一阵风突然晃动了窗玻璃，几滴雨被压碎在窗玻璃上。

"深秋了，"斯特斯说着，出着神，"我发现稀奇古怪的事情总是发生在秋天。"

寂静驻扎在房间里。斯特斯右手支着前额，一时间就这么看着细雨飘落。当然他不能长时间这样。那持续而又急迫的重负，那问题重新穿越虚空的头脑而来：这个神秘的骑士到底会是谁呢？几分钟之内，无数的假设就你推我搡起来。很显然，那个神秘人对弗拉纳也家所经历的惨剧，如果不是深知细微末节，至少也是了解得很透彻。他清楚那些兄弟们都死了，也知道康斯坦丁的承诺。此外，他还知道从这个中欧的伯爵领地通到阿尔巴尼亚的路。但是，为什么呢？斯特斯要嘶吼了。为什么他要这么做呢？希望获得什么报酬？斯特斯张开上下颌，觉得这个动作可以让他消除疲劳。期望获得报酬，作为动机，这个想法很粗俗，但也不能完全丢开。事实上，所有人都知道母亲大人在儿子死后，接连送了三封信给女儿，劝女儿回来看看她。但是两个信使半路返回了，声称他们不可能到达这趟差事的目的地。这条路太长了，有一部分还穿越了正在战乱的国家。根据他们和老太太达成的协议条款，他们把约定价钱的一半退了回来。至于第三个信使呢，失踪了。要么死了，要么找到了杜伦迪娜，但是杜伦迪娜不相信这个信使，拒绝回来。从那时两年多过去了，那个信使不可能拖了那么久才把杜伦迪娜带回来。也许那个神秘人是想向杜伦迪娜勒索，但是那样他就不可能像康斯坦丁一样出现在她面前。不，斯特斯想，获得报酬的假设是站不住脚的。那么，这个神秘人为了什么原因出现在杜伦迪娜面前呢？难道是个庸俗的骗局，是想绑架她，然后把她像奴隶一样卖到哪个偏远的国家？这也站不住脚，因为他确实已经把她带回来了。或者说，他出发时是想绑架她后来在路上又改变主意。哪怕这一假设在斯特斯看来都不怎么可信：他了解那些无耻强盗的心理。莫非是对这个家心怀敌意，想对她家或者她丈夫家采取报复？但这也不太像。杜伦迪娜家被命运打击得实在太残酷,人类的暴力已经不可能再增加丝毫的不幸。不过,是应该仔细地查查这个大家族的档案、遗嘱、继承文书和以前的诉讼纠纷。也许在里面可以找到点什么,能给这事带来哪怕一线光明呢?也许就仅仅是桩冒名顶替的事呢,是一个冒险家骑着马带着一个二十三岁的年轻女子穿越欧洲的平原呢?斯特斯叹气。他在脑中重温那块广袤的疆域,就像他唯一一次在那儿纵横时注视到的一样。他的马蹄那时陷进了水洼,弄皱了倒映在水里的天空,还有云彩和教堂的十字架,这样在它们上面踩踏,就像世界末日一样在踩躏它们,让他情不自禁地哀祷:上帝啊,对不起!

　　一千零一个念头在脑海里转动,但是转来转去总是回到同一个问题:这个暗夜骑士是谁?杜伦迪娜声称一开始没有清楚地认出他来,她以为认出他是康斯坦丁,但是他满身灰尘,几乎无法辨认。他脚不着地,不想碰到妹夫家的任何人(但是他们互相认识,在婚礼上见过面),他只想在夜里行走,所以他想把自己藏起来。斯特斯忘了问杜伦迪娜她有没有看到过他的脸,哪怕瞥见一次。他绝对要就此问她。不管怎么说,理智情况下,他相信这个人是花了心思去隐藏身份的。认为这个人就是康斯坦丁真的太荒谬了,虽然问题还没归结到这一点……显然，那不是康斯坦丁，但是，现在，斯特斯甚至怀疑她……是不是杜伦迪娜！

他猛地推开桌子站起来，急匆匆地走出来，凭着这股冲动，大步地跨过原野。雨已经停了。有的地方，哭泣的树枝正摇晃着自己最后一些亮晶晶的泪滴。斯特斯低着头往前走，还没有意识到，就已经到了弗拉纳也家门前。长长的前厅里，来照顾那两个可怜人的女人越来越多，他穿过前厅走进她们呻吟着的房间。他在门口就看到了杜伦迪娜灰白的脸，定定的眼睛周围是淡青的眼袋。他怎么能怀疑呢？这就是她，这样的目光，这样的容貌，那遥远的婚姻丝毫没有改变这些，只是蒙上了征尘。

他在梦中见过她，但是他不记得是何时了。也许是最近，几天前。不是他做过的梦把她带回来的吧？她身体一半裸露在外面，躺在一个吊椅上，而他呢，尽管欲望如炽焰，却被阻止靠近她。也许是吊椅在动，也许是她性器官的位置奇怪地移向她的右胯。

"你感觉得怎么样？"他柔柔地对她说，在她床头坐下，心里已经后悔自己曾有的怀疑。

杜伦迪娜的眼睛牢牢地缠着他。这冰冷的如临深渊的凝视中，有种让人无法承受的东西。斯特斯首先移开了视线。

"我很抱歉要问你这个问题,"他说,"但是这很重要,你要理解我,杜伦迪娜,这对你,对你母亲,对我们大家,都很重要。我想问你有没有看到过带你回来的那个人的容貌?"

杜伦迪娜继续用那种定定的目光凝视着他。

"没有。"她最后用很虚弱的声音回答。

斯特斯觉得,似乎有一条裂隙穿透了维持在他们两人之间的微妙关系。他感到自己想疯狂地抓住她的肩膀,对她吼叫:为什么你不说真话?你怎么能跟着一个你以为是哥哥的人跋涉那么多白天黑夜,却从不看他的脸?你不想再看到他吗?不想拥抱他吗?

"这怎么可能呢?"他问。

"我一听到他对我说他是康斯坦丁,说他来找我,就慌了,就陷进一种可怕的焦虑。"

"你想到了坏事?"

"当然。最坏的:死亡。"

"首先是你母亲的死亡,然后是你哥哥的死亡?"

"是的,每个人,轮流地想到,包括康斯坦丁。"

"就因为这,你才问他头发上为什么有泥巴,身上为什么散发出湿泥土的气味?"

"是的,当然。"

可怜,斯特斯想。他想象着她会感受到的恐惧:觉得自己在一个死人身后骑马前进,哪怕只有瞬间!看起来她心头萦绕着这种怀疑走了好长一段路。

"有时候,"她又说,"我把这种念头赶出脑海。这是我哥哥,我对自己说,我活着的哥哥。但是……"

她停下来。

"但是……"斯特斯重复,"你想说什么?"

"有什么东西阻止我去拥抱他,"她用几乎听不见的声音说,"我说不出是什么。"

斯特斯注视着她弯曲的睫毛垂在脸颊上部。

"我很想用力抱他,但是我没有勇气这么做,一次都没有。"

"一次都没有。"斯特斯重复。

"我对这很后悔,尤其现在我知道他不在世间了。"

她的声音变得激烈,喘气也加剧了。

"啊,要是我能够重新走这段路就好了,"她哀叹,"要是我能再看见他就好了!"

她完全深信,她是在死去的哥哥的陪同下跋涉过来的。斯特斯心里想着是要让她这样深信,还是要向她说出自己的怀疑。

"所以,你从来没有看到过他的脸,"他说,"就连你们分开的时候,他对你说:'你先去,我有事去教堂。'那时候,你也没有看到吗?"

"没有,就连那时候也没有。天很黑,我一点也看不到。而且,在路上,我总是在他身后。"

"但是你们没有停下来,没有在哪里休息吗?"

她摇摇头。

"我不记得。"

他等着她的眼睛在自己的目光下重新固定下来。

"但是你就没有想过他可能向你隐瞒了些什么吗?"斯特斯问,"他不想脚踏实地,甚至连来找你的时候也是,他甚至在整个行程中都没有回头。而且根据你对我说的,他只想在夜里赶路。他没有隐瞒什么吗?"

"我想到了这点,"她回答说,"但是,既然他死了,他把脸对我藏起来也很正常。"

"也许那不是康斯坦丁。"斯特斯猛然说。

杜伦迪娜久久地盯着他。

"那是一回事。"她用平静的声音说。

"怎么,一回事?"

"要是他不是活着的,那也就好像不是他。"

"我想说的不是这个。你就从来没想过这个人可能不是你哥哥,不管是活着还是死了,而是一个冒名顶替的人,一个假的康斯坦丁吗?"

杜伦迪娜做了个否认的示意。

"从来没有。"她说。

"从来没有？"斯特斯重复，"你试着好好回忆。"

"我今天可能会想到这一点，"她说，"但是，那个晚上，任何时候我都没有生出这样的怀疑。"

"现在呢，你会这么觉得了？"

她又一次久久地看着他的眼，他试着勘破弥漫在她目光里的东西：忧伤，惊骇，怀疑，或许还有几分痛楚的思念。这些一下子就可以发现，但并没有完全盈满双眼。那里还有别的，一种未知的感情，或者是看起来未知的感情，那混合了所有其他的东西。

"也许不是他。"斯特斯重复着，还把头靠近她的头，想要探测着她的眼，就像探测着一口井的井底。从那里漫出润湿的泪水中，斯特斯试图辨出一个人像来。有时，他觉得，那个神秘人的脸就要显露了，就在那井底，像幽灵一样。他是那么急着抓住他，可是，他又带着同样强烈的惊惧。

"我不知道怎么办。"她在两声呜咽中脱口而出。

他让她静静地哭泣了一会儿，然后拉着她的手，轻轻地握紧，看了一眼另一张床上好像睡着了的母亲，便悄无声息地走了出去。

旅店老板的第一批报告很快就送到了。根据经验，斯特斯相信，到周末，报告的数量会眼看着翻倍。因为旅店老板的疑心会越来越大，而且行人虽然知道自己受到窥伺，可一举一动还是像嫌疑犯。

他们提到了各种各样的赶路方式，有最普通的，比如外号"礼拜六人"的来来往往，那是和别的人不同，总是周六去赶集的农民；也有傻里傻气的人绕来绕去走着弯路——这是唯一博得斯特斯微笑的，即使当时他正在忧心忡忡。

有两三个报告，斯特斯觉得是描写自己最近一次出行回来的行动："十月七号晚上，在伯爵路上，离方济各会修道院大约一里处，有一个男子骑着马前进，黄昏光线暗，很难看清；花好大劲才认出他手中抱着一个很大的重物，一个活人或是一个十字架。"

斯特斯摇摇头表示否定。十月七号晚上，他自己确实是骑马经过离方济各会修道院一里远的伯爵桥。不过，他既没有抱着什么人，也没有抱着十字架。在每个报告那一页纸的上面，他潦草地写下"不是"的评语。不是，没有在哪里发现一男一女同骑一匹马或各骑一匹马，也没有单身女子骑马或坐车出行。尽管偏远旅店的报告还没有送到，斯特斯还是因此深感挫折。他曾经坚信，他会一下子找到他们的踪迹。这可能吗？他读着报告心想。难道没有任何人类的眼睛看到他们？当他们夜里骑马前进的时候，所有人都睡着了？不，不可能，他向自己重复,给自己打气。明天,肯定会有人来说看到过他们。不是明天,就是后天。肯定会有一双眼睛……

在此期间,根据他的命令,副手正在仔细地查询这个家族的档案,想找到蛛丝马迹可以解开谜团。第一天结束的时候,他翻阅了一大堆资料,眼睛都浮肿了,他向自己的长官宣称这是个该死的任务,他宁可被派出去出差奔波,一个旅店一个旅店地去找逃兵的踪迹,也比在这些档案中备受折磨好过。这是阿尔巴尼亚最古老的家族之一,保存的资料有两百年,有的甚至三百年,用各种各样的语言和字母写就,从拉丁文到阿尔巴尼亚文,从西里尔字母到哥特字母。里面有以前的财产证、遗嘱、判决书,有血缘链的注释,也就是家谱,可以追溯到八八一年,还有嘉奖和勋章。档案中还包括一些关于缔结婚姻的往来书信。有十来封信是关于杜伦迪娜的婚姻的,拿到信件后,斯特斯的副手进行了冷静的研究。之中有一部分是用哥特字写的,表面看起来像德语,是从波西米亚寄来的;其他的信,他觉得更有意义,那是母亲大人写给她的老朋友多比亚伯爵的信的复本,多比亚是邻近公国的领主,她好像是就家族中的一些事征询他的意见。多比亚的回信也在里面。斯特斯的副手快速地瞄了瞄两三封信,母亲大人在这些信里明确地向伯爵坦白,自己对杜伦迪娜嫁到那么远的地方感到很犹豫,并征求他的意见。有一封信——应该是一封最近的信——字迹很难辨认（猜想应该是她年事已高，写字手颤抖），她在这封信里哀叹自己无边的孤独。媳妇们都相继带着孩子离开了，把她孤零零地留在世上。她们向她承诺会回来看她，可是没有一个再露面，从某种方式上说，她并不怨恨她们：哪个年轻女人会想回到一个衰败至极的家，回到一个据说死神沉重地盖了印的家？

斯特斯认真地听着副手说话，但是副手觉得长官的思绪好像不时地游离到了别处。

"这里，"斯特斯最后问，"大家怎么说，这里？"

副手朝他投去疑问的目光。

"这里，"斯特斯重复，"不是在档案里，而是在居民当中，关于这些，说了些什么？"

副手伸开手臂：

"当然，所有的人都在谈论这事。"

斯特斯过了一会儿才补充：

"当然，这很自然，不可能是别的情况。"

他关上办公桌的抽屉，穿上斗篷，向副手道了晚安，走了出去。

要回家，他得经过一些只有一层楼的人家的大门和栅栏。不久前，这个镇还和周围的乡村一样，小而平静，自从成了这个地区的中心，房子就多了起来。夏天的晚上，他们喜欢呆在游廊上，而从这个时节起，游廊就空荡荡的了，只有少数几张椅子和吊椅还留在外头，也许是希望在冬天的严酷到来之前，还会有几天温和的日子回来。

不过，虽然游廊里没有人，但是在大门前，栅栏边，还是有一些年轻姑娘，有的还有男子陪着，在窃窃私语。斯特斯一靠近，她们就停下悄悄话，用眼睛好奇地盯着他。十月十一号晚上的事件已经激起了所有人的想象，尤其是这些年轻姑娘和新娘们。斯特斯心想，她们每个人肯定都在梦想有个人——不管是谁，兄弟、远方的男朋友、男子或者人影儿——最终会为了自己穿越整个大陆。

"那么，"他回到家时，妻子问他，"她和谁回来的，你们最终查到了吗？"

斯特斯脱下斗篷，暗中看了她一眼，确认她的话里没有丁点讽刺。她个子高高的，金色头发，正带着挑逗的微笑注视着他。而斯特斯这当儿，尽管对自己妻子的魅力很敏感，内心却不能想象自己会带着她，让她坐在马后抓住自己，骑马前行。相反，杜伦迪娜，好像就是为这样骑马而生的，她用手臂缠绕着她的骑士，头发在风中纷飞。

"没有。"他干巴巴地说。

"你好像很累了。"

"我是累了。孩子们在哪儿?"

"他们在上面玩。你想吃晚饭吗?"

他做了个肯定的动作,筋疲力尽地倒在一张铺了长羊毛垫子的椅子上。大壁炉里,几点温热的火苗正舔着两大块橡树木柴,木柴没有完全烧着。斯特斯的眼睛跟着妻子来来回回地转。

"好像别的事情都不够似的,这回你又得去找个流浪汉。"她在碗碟的叮当声中说着。

她没有对杜伦迪娜做任何影射,但是对杜伦迪娜的厌恶还是流露了出来。

"我们对此无能为力。"斯特斯说。

碗碟的声音变大了。

"而且,说到底,这个无情无义的女人和谁回来,这个问题有那么重要吗?"他的妻子又说。这一次,指责有一部分是针对他的了。

"她什么地方无情无义了?"他沉着地说。

"怎么,你不同意?一个女人,整整三年,舒舒服服地躺在自己的幸福当中,一点也没有想到自己那遭受最残酷死亡打击的母亲,你怎么不觉得她无情无义?"

斯特斯听着,低着头。

"她也许不知道这些。"

"啊,她不知道?那她怎么在三年之后突然就想起来了?"

斯特斯耸耸肩。妻子对杜伦迪娜的敌意并非一朝一夕,她已经表达过好几次。有一次,他们甚至为她的事吵了一架,那是她的婚礼过后两天发生的。妻子对他说:"你为什么一直这样忧郁的样子?看到她离开,你们都那么伤心吗?"那是她第一次对他发这样的火。

"她让自己可怜的母亲孤零零地呆在不幸中,"她继续说着,"然后她突然想要回家了,来夺走她还残留的一点生命。可怜的女人,多可怕的命运!"

"确实,"斯特斯说,"那样的荒凉……"

"不如说是地狱一样的孤独,"她补充完,"媳妇们一个接一个地离开,大多数还抱着小孩走了,自己的屋子突然黑得像一口井。但是,说到底,媳妇们只不过是些外人罢了,就算她们把婆婆丢在不幸当中,但是第一个抛弃这个可怜女人的就是她唯一的女儿,又怎么能怪罪媳妇们呢?"

斯特斯注视着铜烛台,它很怪异地与他在这个难忘的早上在杜伦迪娜和她母亲呻吟的房间里看到的烛台相似。他想,每个人对刚刚发生的事,都会以自己的方式表明立场,他的意见取决于他自己在生活中形成的地位,取决于自己在爱情或婚姻中的运气、外貌、自身的幸或不幸的程度、生命中遭受的大事，或者取决于他最私密的、连自己都被隐瞒了的动机。总之，人们以为是对别人的悲剧发表评论，而事实上，这件事在他们心中引起的反响，却和对自己的评论相关。

早上，从亲王公府来的信使给斯特斯带来了一封专信。这是个批示，明确表示亲王已经知道了十月十一号的事件，命令不得姑息，务必查清此事，以便预防斯特斯所担心的人民的骚动或误解。

亲王公府要斯特斯在认为问题解决了的时候即刻通报。

嗯，斯特斯第二次浏览过这封简短扼要的批示之后心想……认为问题解决了……说得倒容易，我倒很想看看你们在我的位置上会如何办！

他没睡好，早上又发现妻子莫名的敌意，尽管他克制自己不去反驳她，可是妻子却不原谅他没有大张旗鼓地同意她对杜伦迪娜的评价。他意识到，这一类矛盾尽管不会造成破裂，事实上却比公开的争吵更加危险，公开的争吵通常马上就会和好。

斯特斯手上还拿着亲王公府的信，副手进来告诉他说，公墓看守有消息要对他报告。

"公墓看守？"斯特斯很惊讶，带着责备的神情瞪着副手。他恨不得对他说:"你还想要让我相信是有人从墓里出来了吗?"但这个时候,透过半开的门,他看到确实有个男人,好像就是通报的那个人。

"叫他进来。"斯特斯冷淡地说。

守墓人进来了,尊敬地弯下腰。

"那么?"斯特斯说,看着这个人像个桩子一样立在自己面前。

守墓人吞吞口水。

"我是教堂墓地的看守,斯特斯先生,我想对您说……"

"墓地有人侵犯了?"斯特斯打断他的话,"我已经知道了。"

守墓人盯着他,很窘迫。

"我……我……"他结结巴巴地说,"我想说……"

"如果是关于盖在墓上的石板被移动的事,我已经知道了,"斯特斯又打断他的话,无法掩饰他的恼怒,"要是你有别的事要报告,你就说。"

斯特斯料想守墓人会说:"没有,我没什么要补充的。"于是他把头又转向自己的工作台。而此时,令他极其震惊的是,他听到那个人的声音说:

"我要对您说的是另外一件事。"

斯特斯重新抬起头来,眼睛严肃地打量着他,好像要让他明白这不是开玩笑的适当地方。

"那么，你有其他事对我说？"他说，怀疑的语气中略带点讽刺，"那我们就来看看吧。"

守墓人被自己所受到的冷淡接待搞得更加惊惶，看着斯特斯把手从面前摊开的文件中抬起来，好像是对他说："好了，现在你把我从工作中拖开了，你满意了吧？我们来听听你要对我们哇啦哇啦些什么。"

"我们是些粗人，斯特斯先生，"他用羞怯的声音说，"我们也许不知道我们说了什么，请您原谅我们，但是我想，谁知道呢……"

斯特斯突然有点可怜他：

"你说吧，我听你说。"他用缓和的声音对守墓人说。

我这是怎么啦？他想。为什么要把这个事情给我造成的神经紧张推卸到别人身上呢？

"你说吧，"他重复着，"是关于什么的？"

守墓人稍稍放心，深深吸了口气说：

"所有人都认为母亲大人的一个儿子从墓里跑出来了，"他说着，眼睛没有离开斯特斯，"您比我更清楚这件事。甚至有人开始来到墓地看是不是有人移动了石板，但那是另一件事。我要对您说的，是完全不同的事……"

"说下去。"斯特斯脱口说。

"有一个星期天,不是这个星期天,也不是上个星期天,而是再之前的那个星期天,母亲大人按惯例来墓地给每个儿子的墓点上蜡烛。"

"离现在两个星期的星期天?"

"是的,斯特斯先生。她在每个墓前点了一支蜡烛,可是在康斯坦丁的墓前,她点了两支。我那时就离她很近,我听到她靠近壁龛时所说的话了。"

守墓人又做了个短暂的停顿,眼睛一直盯着斯特斯。两个星期之前的星期天,斯特斯重复,换句话说,就是超过十五天以前,他换算了一下,却没怎么明白自己为什么要换算。

"我听到过很多母亲的哀叹,也听到过她的,"守墓人又说,"但是我从来没有像那天听到她的哀叹后那样发过抖。"

斯特斯一手托着下巴,极其认真地听他说。

"那既不是哀叹也不是平常的哭泣,"守墓人说,"那是一种诅咒。"

"诅咒?"

守墓人又一口气吸到底,没有掩饰自己终于吸引上尉所有注意力的满意。

"是的,先生,一种诅咒,而且很骇人!"

"哪种？给我说多点！"斯特斯不耐烦地说。

"我很难一字一句地说出她的原话，我当时很惊慌，不过她说的差不多就是这个：'康斯坦丁，你忘了你对我做的承诺了吗？你承诺过我想她的时候把她带回来！'斯特斯先生，也许您和大家一样，知道康斯坦丁曾经向他母亲做过承诺……"

"我知道，我知道。你继续说。"

"嗯，她说：'我这下是完全孤零零地被留在这个世上，既然你自己收回诺言，但愿大地永远不收容你！'她的话差不多就是这样。"

守墓人一边说，一边探测着斯特斯的脸。说到最后，正当他期待着斯特斯会被这可怕的故事惊呆的时候，他发现上尉的眼睛好像陷入了别的思绪……他失去了自信。

"我过来告诉您这事，也许这个对您有用，"他说，"我希望没有打搅到您。"

"不，完全没有，"斯特斯急忙说，"恰恰相反，你做得很好。我谢谢你。"

守墓人恭敬地弯弯腰出去了，心里最后一次问自己他费劲来这里是做对了还是做错了。

斯特斯好像沉浸在自己的思考当中。过了一会儿，他感到了房里另一个人的存在。他重新抬起头，发现了自己的副手，不过马上又把他忘了。他想："我们怎么能那么冒失？我们怎么没有问过母亲？"他两次去她们家都只是询问了杜伦迪娜。母亲对这个事情也有她自己的解释，完全不问她真是一个无可原谅的过失。

斯特斯抬起头，副手正在他面前等着。

"我们犯了个不可原谅的错误。"斯特斯说。

"关于墓地的？说真的，我已经想到了，但是……"

"你还在那唠叨些什么？"斯特斯打断他，"这和墓地以及幽灵之类的故事毫不相干。守墓人向我说起老太太的诅咒的时候，我一直在想：我们怎么会那么蠢，从来不和她交流呢？怎么会那么笨呢？"

"确实，"副手用认错的口气说，"您说得对。"

斯特斯突然站起来。

"马上去她家，"他说，"我们要试着马上弥补这个错误。"

很快，他们就上路了。副手试图根据斯特斯长长的步子来调整自己的步伐。

"这不仅关系到那个诅咒，"斯特斯又说，"必须知道母亲对这一切的想法。她可能会给这个谜团一种解释。"

"您说得对，"副手说，他的话在喘息中变得有节奏，一顿一顿的，在风中在雾中飘动，"在看她的信的时候，我就有了个想法……在信中猜到一些事情……但是，我只能晚点再和您确切地说……我对此还不太肯定，再说这是非常异乎寻常的事……"

"是吗？"

"是的……请您允许我暂时不说。我要把她的书信仔细地审查完。之后，我会告诉您我的结论……"

"眼下最重要的，就是和母亲谈谈。"斯特斯说。

"是的，没错。"

"特别是有了守墓人对我们说起的诅咒这个原因。我不认为他编造了这些。"

"肯定没有。这是个老实严肃的人，我很了解他。"

"是的，特别是有了诅咒这个原因，"斯特斯重复说，"因为要是记住了这个诅咒，当杜伦迪娜在门外说：'母亲，给我开门，我和康斯坦丁回来了'（就当她真的说了这些话），就没有任何理由去怀疑母亲是相信这让人震惊的话的。你明白我的意思吗？"

"是的，是的。"

"只是，这里，还有别的东西，"斯特斯继续说着，并没有放缓步子，"母亲是很高兴看到儿子服从她，从墓地里出来，还是后悔打扰了死者呢？莫非这些假设哪一个都站不住脚，那时候还发生了更混乱更不清楚的事？"

"这就是我的想法。"副手说。

"我想的也是这样,"斯特斯补充说,"老太太也受到了致命的打击,这件事让人觉得,她那时候意识到一种可怕的不幸。"

"是的,正是如此,"副手说,"这很自然,就我刚刚和您提到过的怀疑这一点来说……"

"否则,母亲所受到的打击就不能解释。杜伦迪娜所受的打击归根结底还是可以解释的,因为她那时候得知了她九个哥哥的死讯;相反,母亲所受的打击,就不怎么能解释了。但是发生了什么呢?"

斯特斯停了下来。

"发生什么啦?"他重复,"我好像听到了哭声……"

离弗拉纳也家已经不远,他们用眼光打探着这个老房子。

"我也有这种感觉。"副手说。

"啊,天哪,但愿老太太没有死!"斯特斯说,"啊,我们犯了一个致命的错误!"

他加大步子,重新赶路,靴子在水洼和泥浆中跋涉,带起一片片腐叶。

"真蠢啊!"他嘟哝着,"真蠢啊!"

"也许不是她,"副手说,"也许是……杜伦迪娜!"

"怎么?"斯特斯简直在吼了,副手明白,对于他的长官来说，认为那个年轻女人死了是无法理解的。

他们默默地走着距弗拉纳也家还剩下的路。路两边，高高的杨树凄凉地摇曳着最后的叶子。现在可以听清女人们的哭声了。

"她死了，"斯特斯低声说，"毫无疑问。"

"是的，院子里黑压压的人。"

"发生了什么？"斯特斯问他们碰到的第一个人。

"母亲大人家，"那个人说，"她们两个都死了，母亲和女儿。"

"这不可能！"

那人张开手臂走开了。

"简直无法相信！"斯特斯又低声地说，放慢了步子。唾液干了，他觉得口中苦得可怕。

门前的栅栏大开。他们在院子中，置身于一大群来来往往的人当中。斯特斯问了另外一个人，得到了相同的答案：两个都死了。屋里传来哭丧者的哀号。两个人，他对自己重复，震惊不已。

他让人挤来挤去，再也没有丝毫意愿要往这个那个方向走动，甚至没有意愿要头脑清楚地思考。老实说，在路上的时候，认为死者是杜伦迪娜这一想法确实有两三次袭击过他，但是他马上驱逐了这个想法。他更加不能相信两个人都停止了呼吸。不过就算他很恐惧，他偶尔想到的还是杜伦迪娜死了更有可能,因为照她所认为的那样,她是坐在一个亡灵身后骑马回来,从某种方式上来说,她已经悄悄地靠近了死亡。

"怎么了?"他在看热闹的人转来转去的身体和声音中问,"她们怎么死的?"

两三个声音一起回答他。

"女儿先死的,母亲接着死了。"

"啊,杜伦迪娜先死?"

"是的,上尉先生。显然,只剩下老太太来终结这些死人形成的圆。"

"可怜啊!可怜啊!"边上一个人说,"弗拉纳也家陨殁了,永远陨殁了!"

斯特斯看了一会儿他的副手,副手和他一样在人群中摇摇摆摆。从此以后,这就彻底是个谜了,他想。母亲和女儿把秘密带到她们的坟墓里去了。

他想象着公墓里的九个墓围绕着教堂,差点要叫出来:"你们把我一个人留下来了!"她们两个人都走了,把他扔在恐惧中。

周围的人骚动着,可怕地沸腾着。斯特斯感到异常紧张,觉得太阳穴要爆开了。他想着自己首先要提防谁,是提防这动乱的人群还是提防他自己。

"弗拉纳也家陨殁了。"有个声音又说了一遍。他抬起头,想看看是谁说的这话,但是,无意识中,他又没在人群中找那个人,而是把目光投向了房子的屋檐,好像声音是从那里发出来的。有好一会儿,他没有力气把目光从那儿移开。长长的挡风檐突出在墙外,梁已经因风雨而晦暗、扭曲,比其他任何迹象都更加清楚地昭示着曾经生活在这个屋檐下的家族那凄凉的命运。

第三章

人们从公国四面八方汇到一起,来参加母亲大人和杜伦迪娜的葬礼。从远古以来,大事就可以分成两种类型:一种把人们聚集到一起,另一种把人们分开。第一种是要在集市广场、街头、旅店经历和欣赏的,而第二种要每个人自己去体会,孤独地沉浸其间。

人们很早就明白,丧葬这种事同时属于这两种类型。尽管乍看上去这事属于人群和街头,但是所有曾经躲在墙后的窃窃私语,所有心里想的东西,甚至是颠覆人思想的东西都会随着大家的议论浮出水面。

一切暗中的骚动,经过痛苦地酝酿,最终会在光天化日下浮出水面。关于杜伦迪娜的流言也是这样,越来越多,膨胀起来,朝最难以预料的方向变形。无数的人把这事拽在身后,同时也被这事给拽着。他们想按照自己的爱好打造它,可同时,他们自己也被这事给塑造了,碰伤了,痛打了。

高门显贵的子弟坐着门上画着花纹的豪华马车,游方僧侣、流浪汉和另外一些人套着车,还有一大部分步行,他们一个接着一个拥入这个首府,让大路上空荡荡的。

葬礼得在每周日举行。接待大厅自这家人的儿子们死后就改变了用途,遗体就放在大厅里。在烛台的光线下,这个家族以前的标志、墙上的武器和圣像,以及死者的面罩,似乎都覆盖了一层银色的粉末。

在庄严的青铜棺(老太太在遗嘱中早就给自己的葬礼准备了一大笔钱)附近,四个哭丧妇坐在木制的小椅上指挥着哭丧。死亡二十二个小时之后,这些哭泣在棺柩的青铜光泽中变得越来越一致,声音也越来越低沉。时不时地,这些哭丧妇把哀号切割成诗句。她们四个要么轮流,要么一起,重新提起这闻所未闻的可怕事件中的一些片段。

一个哭丧妇用颤抖的声音回忆杜伦迪娜的婚礼,回忆起她出发去远方。另一个用更加颤抖的声音,哀悼那九个青年婚礼过后不久在抵抗细菌部队的战争中倒下。第三个接下去高谈母亲孤独地留在世上的哀伤。至于第四个,提到了母亲去公墓诅咒儿子违背了他的承诺,她的挽歌这么唱着:

> 康斯坦丁啊，你该死啊，
> 你还记得你的承诺吗，
> 难道它和你一起埋到土里去了吗？

接着，第一个哭丧妇就唱起被诅咒的儿子复活了，夜里骑马到妹妹结婚的地方：

> 如果你是因为欢快而来，
> 那我要装扮成仙女；
> 如果你是因为哀伤而来，
> 那我会穿上粗呢布衣。

于是第三个就用亡灵的话回答她：

> 来吧，我的妹妹，就这样来吧。

之后，第四个女人和第一个女人互相应和着，唱起兄妹俩骑马前进，路上碰到的鸟儿都很惊讶：

> 我们见过稀奇古怪的事，
> 可是从来没见过死人和活人
> 这么一起骑马赶路……

第三个哭丧妇讲述他们到了家附近，康斯坦丁向着公墓逃走了。而第四个最后来结束这一番哭悼，唱到杜伦迪娜敲门，告诉母亲是哥哥遵守诺言带她回来，母亲从屋里回答：

> 康斯坦丁死后入土了，
> 他在土里躺了三年了，
> 为什么他还没有化为尘土？

在场的全部女人一齐哀哭。那四个哭丧妇稍稍停顿了一下，再次重新唱起她们的挽歌。她们的哀哭伴着歌词，歌词时不时变化着。有的歌词被重复，有的被改动，或者完全被替换。在新的一轮挽歌中，这些哭丧妇把刚才那一轮中发挥过的情节很快地一带而过，或者把刚刚粗粗提过或者忽略的段落进行发挥。于是，这一段挽歌留出更多的位置去叙说事情的序幕：弗拉纳也大家庭的幸福时光，对杜伦迪娜远方的婚事的忧郁，还有康斯坦丁对母亲许下的诺言：一旦她想念了就带妹妹回来。另一段挽歌则把这些全部都简略地带过，花更多的时间去叙述骑马赶路的阴森，去引述死者和活人之间交谈的话语。第三段挽歌又把这些更快地处理掉，提供其他更多的细节,比如她哥哥一个舞会一个舞会地寻找杜伦迪娜(在杜伦迪娜的村庄里,那时正是节日),还有这个骑士对村庄里的年轻姑娘们的评价:"她们都很美,但是她们的美让他无动于衷。"

斯特斯专门派人详细地记下了这些悼词的内容,迅速地报告给他。北风从窗户吹进来,斯特斯在窗边研究着记录,神情好像都麻木了,之后他拿起笔,努力在记录里的一些词或者句子下画线强调。

"我们日日夜夜绞尽脑汁,想要说明发生了什么事,看来是白干了,"他对副手说,"那些哭丧妇,她们可是也继续在干自己的活。"

"确实,"副手回答他,"她们甚至肯定他从坟墓里出来了。"

"就在我们眼皮下,一个传奇正在诞生,"斯特斯把画满了下画线的记录递给他,"你给我看看这个。就在两天前,悼词还是没有花哨的。但是,从昨晚开始,尤其是今天,悼词就在很明确的地方完全符合了传奇的形式。"

副手仔细看了一下那记录,记录上满是画了线的诗句和唱词,边上还点缀着简短的注解。有的地方,斯特斯还画了问号或者感叹号。

"这倒不妨碍我们从这些哭丧妇那得出点什么。"

副手小心地提醒着。

"当然，"斯特斯回答，"最近，我注意到人们越来越多地重新运用一种古老的哭悼死者的方法，就是'在法律之内哭悼'。"

"是的。"副手证实说。

"我不知道这个说法在其他语言里是不是存在，但是，就我而言，作为一个法律的仆人，我对这个说法感到震惊，恰恰是因为这个说法用来指这些女人在丧礼上的哭悼。"

"是的。"副手说。

"这意味着这种哭悼代表了比它看起来更多的东西，它想自己充当法律。"

副手很困惑，不太知道要回答什么。

从窗户可以看到大路，不停地有人从大路上拥来参加葬礼。周围以及方圆几里的旅店都爆满。弗拉纳也家族的老朋友，还有他们无数的姻亲都来了。罗马和拜占庭两个教廷、亲王家族，还有临近的公国和伯爵领地都派了使节来。母亲大人的老朋友多比亚伯爵自己不能来（健康原因还是因为亲王和他之间的冷淡关系？没人能说得出），派了一个儿子来代表他。

下葬按预定在周日早上举行。路太窄，长长的队伍艰难地向教堂前进。很多人不得不跨过水沟，在田野里穿行。他们当中很多人以前都受邀来参加过杜伦迪娜的婚礼，丧钟那凄凉的音色让他们回忆起那次婚礼。那是从弗拉纳也家到教堂的同一条路、同一个钟，而如今钟发出来的是不同的声音，拖得长长的，慢慢地消失，就像遵从了另一个王国的法则。但是除此以外，其他很多东西都差不多，如三年前结婚的队伍一样，这些送葬队伍里的人伸着脖子眼睛追着柩车，就像他们从前欣赏新娘骑的马。而这条路，好像不能容纳这样泛滥的人群，不管是欢乐的还是痛苦的，把那多出来的一部分人扔到路边，让他们像以前一样跑过荒地。

九兄弟的死亡发生在杜伦迪娜的婚礼和葬礼之间，那事就好像一场噩梦，人们对此只留下了混乱的记忆。前后持续了两个星期，一连串的不幸好像永远也不会结束。据说死神只有彻底关上弗拉纳也家的大门后才会心满意足。前两个兄弟同一天死了以后，命运已经猛烈打击过这个家族，就没有人想得到命运第二天还会带来什么。没有人想得到前一天受伤回来的两兄弟会在三天之后死去。他们的伤看起来并不危险，在家里人看来，和被杀死的那两个相比，这两兄弟受的伤并没那么严重。但是第三天早上，他们死了，就在这个因为前一个葬礼而已经消沉的家里。由此而来的新的忧伤加重了前一个忧伤，与此同时，向这个家猛袭而来的，是一种难以忍受的痛苦，一种因为忽略、放弃那两个受伤的弟兄而产生的悔恨（事实上，他们并没有怎么放弃这两个人，但是既然这两个人死了，他们就有了这种感受）。所有的人都悲痛欲绝：老太太、其他兄弟、刚刚成为寡妇的年轻妻子。他们回忆起这两个死去的兄弟那张大了口子的伤痕，想到应该给伤员付出却没有付出的关心，全都觉得自己是罪人。伤员的死亡着实增加了他们的痛苦，因为他们觉得本来已经掌握了伤员的生命，却白白地让这生命溜走了。几天以后，当死神以更加沉重的步伐回到这个家，带走剩下的五个兄弟的时候，老太太和年轻的寡妇们陷入了绝望的深渊。人家说，上帝不会在同一个地方敲两次门，但是，不幸的是，上帝敲打弗拉纳也家门的时候，却不像他在其他任何地方做的那样。就是在那时，大家得知了阿尔巴尼亚是和得了鼠疫病的军队作战。因此，死人、伤员和大部分从战场活着回来的人都肯定会是同样的结果。

在三个月之中，曾经喧嚣欢乐的弗拉纳也大家庭，变成了阴暗的住所。只有杜伦迪娜，在不久之前离开，完全不知道这可怕的死亡。

教堂的丧钟继续敲着，但是在来送葬的人当中，很难找到一个人还清楚地记得那九兄弟的葬礼。那一切都像在一个噩梦里发生,在完全的黑暗中:一个多星期内,几乎每天都有棺材不停地从弗拉纳也家抬出来。很多人甚至难以准确地回忆起那几兄弟死亡的顺序,也很难准确说出兄弟中哪几个是在战场上倒下,哪几个是死于疾病,哪几个是既因为受伤又因为疾病而死去。

相反,杜伦迪娜的婚礼是每个人都记得很清楚的。那是时间可以随意美化的一件事,这并不仅仅因为这种事本身就令人难以忘怀,也因为这类事有能力把过去一切美丽的或者被认为是美丽的而如今不再美丽的东西凝固起来。再说,那也是这个地方的年轻姑娘第一个嫁得那么遥远。从一开始,这种婚姻就引起了争论。无数的意见没完没了地冲突和对抗。一些人顽固地坚持要在自己人中间结婚,或者至少在同一个村庄或者同一个地区内部结婚,防止家族动摇,特别是防止外来的可疑血统的渗透。他们把沿海城市比如杜莱斯、莱扎作为反例,那里的阿尔贝勒什人的高贵种族就这样被形形色色的新来者混淆了。他们特别提到了玛利亚·玛昙伽的命运,她以美貌出名,几年前嫁到了另一个伯爵领地,就是因为离家远,气候和习俗不同,加上极度思念亲人,所以委顿了,最后死了。

另一些人,是这个遥远婚姻的支持者,做出了相反的断言。他们援引上古的卡努法①,那法规禁止亲等②超过百分之四的婚姻,让人看到父系血亲结婚的后遗症吓人。他们用傻子帕罗克的事来对抗玛利亚·玛昙伽的故事,傻子帕罗克是个十九岁的低能儿,他的父亲母亲就是近亲结婚,人们总是看到他在村里的路上游荡。

这两个阵营久久地对抗着。有时,那如圣像一样蒙上了一层金粉的玛利亚·玛昙伽的蓝色故事好像控制了周围的气氛,尤其是在黄昏或者季节转换的时候;但是,潮湿难闻的日子一来,那个可怜的傻子的口水和嘟哝就把每个人都吓住了。

遥远婚姻的观点开始赢得了地盘。不过,当那些人被血亲吓住、最终屈服于放弃近亲结婚的时候,他们更难以接受缔结婚姻的距离在扩大。一开始,那距离还是羞答答的:隔两个山头、四个山头、七个山头,隔同样多的山谷……最终发展到杜伦迪娜的婚姻那样宏伟的距离,和她家人隔了几乎半个大陆那么远。

自然而然地,在跟着客人的队伍慢慢朝教堂走去的

---

① 原文为Canon,本意为"宗教法规"、"正典",此处音译为"卡努法"。

② 亲等是中外法律上计算亲属关系亲疏远近的单位。亲属关系除有血亲、姻亲和尊亲属、卑亲属等区别外,还有亲疏远近之分。亲等越多,关系越远。

时候，人群中有人在说话，在窃窃私语，在说缔结杜伦迪娜婚姻的情形，说起母亲和一些哥哥犹豫着不同意这门婚姻，而康斯坦丁坚决看好，并对母亲许下带杜伦迪娜回来的承诺。至于杜伦迪娜，他们不知道她自己是不是接受这门婚姻。她那时比什么时候都美丽，骑着马走在也高高坐在马上的哥哥们和亲人们中间，像所有新娘按习俗要做的那样泪水盈盈，整个人都很缥缈，她已经更多地属于远方而不是他们家。

如今，既然这个队伍走的是那时客人走过的同一条线路，所有这一切也就都被忆起。就像一整套的水晶在黑天鹅绒的地毯上、在这丧葬的底色上发出更耀眼的光芒一样，对杜伦迪娜婚礼的回忆在每个人的脑中也发出更多的光彩。从此以后，人们很难在想到这个的时候不想到那个，尤其是因为杜伦迪娜在他们看来，躺在棺材里和骑在结婚的马上一样美丽。美丽，但是又有什么用呢，他们低低地说。没有人拥有她的美丽。现在，轮到尘土得益了。

还有些人用更低的声音在谈论杜伦迪娜神秘的回归，重复着别人告诉过他们的事情，或者发出相反的断言。好像斯特斯在努力搞清这个谜，亲王亲自委任他要让这个秘密的底细大白于天下，一个人说。相信我，这里面没有任何秘密，那人的同伙插话。她回来就是要把死亡终结,就这样。是的,但是她是怎么回来的?啊,这个,永远也不会知道。好像是她的一个哥哥趁夜黑跑出了坟墓去找她。这是我听说的,这真的是太让人吃惊了。但是也有些人声称……我知道,我知道,不过别再说了,说这些是罪过,尤其今天是她的葬礼。我们还是为这个可怜的丫头祈祷吧,但愿尘土不要压着她!

谈话重新在三年前的婚礼上打转,很多人觉得这个葬礼就是那个婚礼的延续,甚至就是婚礼,只不过是颠倒的头朝下的婚礼。其实,杜伦迪娜在结婚旅行之后又做了一次新的出行,这次是死亡之行……和一个死人,或者和一个……神秘人……不管是谁,这都是一次不寻常的旅程……更确切地说,反常的旅程……别提是和一个死人……更坏的是,一个……别提了,这样的日子,说这样的事是罪过。但愿上帝原谅我们这些罪人,但愿尘土轻点落在她身上!

那些人停止交谈,心照不宣地同意几天后,也许就是死者一下葬重归安宁的第二天,再来谈论这一切。那时,他们也许不再有所保留,言语中将有更多恶意。

事情正是这样发生。一下葬,这个事情好像已经结束了,于是以前很少听过的传言就大片地扩散开来了。它们一波波地传到周围的乡村,从那儿向远处扩散,一直到公国的边界,并越过边界,传到邻近的公国和伯爵领地。好像那么多参加了葬礼的人都带走了片段去散播到整个国家。就是那些人,在周日下葬的那天,还在为杜伦迪娜祈祷,几次三番反复说着要尘土对她好一些,不要压着她的胸。而现在,这些人说着她的坏话,他们的话比起那些压着她的石头土块更沉重,可是这倒并不会让他们不安了。

从这个人的嘴巴到那个人的耳朵,从这阵风吹到那阵风,传言毫无疑问地散播着对一些人的大肆批评,那是他们没有公开说明但是总会拐弯抹角提到的一些人。传言就像一朵流浪的云,离得越远,就越膨胀变形,尽管本质上还是保持不变:一个死人从坟墓里出来,去实现对母亲许下的诺言——在母亲想念的时候,带他那嫁到远方去的妹妹回来。

两个女人下葬过后刚刚一个星期,斯特斯就被紧急传唤到三十字架修道院。这个公国的大主教在那儿等他,明确表示是为了一件重要事情而来。

明确表示是为了重要事情,斯特斯骑马穿过原野的时候,对自己重复了两三遍。大主教到底有什么事情要和他说呢?这种高级神职人员很少离开大主教府,更不必说在这种该死的天气赶路了。

凉风在结满秋霜的原野上吹过。通往天边的道路两边，那些干草垛松松垮垮的，看起来神情忧郁。斯特斯把斗篷的领子立起来。是不是关于杜伦迪娜的事？他心里想着。但是，他马上回答：蠢！大主教和这件事有什么相干呢？在他教府那边的棘手事情可不少，尤其是罗马天主教和拜占庭东正教在阿尔巴尼亚各个亲王公国里的紧张关系达到顶点以来更甚。几年以前，天主教和东正教各自的影响区差不多确定了，这个公国仍然是处于拜占庭教廷的统治之下，斯特斯还以为这种无休止的争论到头了。谁知道完全没有。两个教派为了把阿尔巴尼亚的亲王和伯爵们从对方那里抢过来又斗起来了。斯特斯从旅店和驿站传给他的日常情报里得出结论：最近一段时间，天主教传教士重新加强了他们在这些公国里的活动。也许大主教来这里的原因就是这个呢？但是这和斯特斯也没什么相关。又不是他来发安全通行证。不，他想，我和那没有任何关系。应该是别的事情。

他在心里重复着他马上就会知道是怎么回事，没必要绞尽脑汁。这一切肯定很简单：大主教来是为了别的原因，比如说巡视，顺带在解决这个那个问题的时候，想到了要找他干活。巫术的扩张给教会构成了问题，所以这就和斯特斯相关了。对，对，他这么想着，觉得自己的思想找到了关键点，肯定是这样。但是在巫术和死人从坟墓里出来这之间,只有一步。啊不!他要叫出来了;大主教和杜伦迪娜没有任何关系——他用马刺踢了一下马,加快赶路。

天真的很冷。他在右边看到一个小村庄的房子,之后就再也没看到什么东西,只有原野上消失在天边的干草垛。马蹄下的水洼什么倒影都没有,看起来充满敌意。原野穿上了丧服……他低低地重复着哭丧妇的一个句子。他在自己的眼线送来的报告里读到这个说法时目瞪口呆。他曾听说过人感冒,人穿丧服①……没听说过原野穿丧服!

三十字架修道院还比较远。在这段路里,斯特斯脑中就不停地想着自己到那时不断重复的念头,但是是从另一个角度来考虑。他不止一次理智地说:废话,荒唐,这不可能!但是,尽管他两次三番决心不再在剩下的路程中想这个问题,他还是不停地问自己为什么大主教要叫他去。

这是斯特斯第一次面对大主教。以前,在公国首府那高高的中殿里,斯特斯见过穿着祭披的大主教,现

---

① 此处"感冒"和"穿丧服"均用同一个动词 prendre,故作者有此一说。

在，没有穿祭披的他看起来身材纤长瘦弱，皮肤苍白，让人以为只要集中目光往皮肤里看，就可以发现那几乎半透明的身体里发生的一切。不过大主教一开口，斯特斯马上就没有这种感觉了。他的声音和他的外貌不相称，相反的，那声音就像他虽然脱去但是好像仍然穿戴着的祭披和主教帽，他只是用这分外强硬的声音来代替了祭披和主教帽。

大主教一上来就直奔主题。他对斯特斯说，他听说了公国的这个地方十五天前发生的所谓复活事件。斯特斯深深地吸了口气。好了，他想，就是这个！是他所有假设中被认为最不可能的一个。这件事，大主教继续说，是有害的，比一眼看上去要有害得多，严重得多。他提高了声音。只有那些浅薄的人，他说，才会忽略这类事情。斯特斯觉得脸红了，准备回答说，没有人可以指责他轻率地对待这件事情，相反他马上就通知了亲王公府，而且尽可能地去搞清这个谜。但是大主教好像看出了他的想法，接着说：

"我一开始就知道了这事，发出了必要的指令，想压制这件事。我得承认，我绝没有想到，这件事会这样传开来。"

"确实，它传得太过分了。"斯特斯第一次开口说话。

既然大主教自己也承认没有预料到有这些发展，斯特斯认为替自己辩护就没有用了。

"我做这么困难的出行，"大主教继续说，"就是想自己来衡量一下这件事的影响程度。很不幸，我肯定这影响很糟糕。"

斯特斯点点头，表示同意。

"没什么其他事会让我在这样可恶的天气下赶路，"大主教继续说，眼睛一直炯炯有神地锁着斯特斯，"您现在明白圣教堂对这件事的重视了吗？"

"是的，大人。"斯特斯说，"请您告诉我我应该做什么。"

看起来，大主教认为这个问题是之后才要向他提出的，呆了一会儿没动，好像是要把那些变得没有必要的证明咽下去。斯特斯觉得他变得烦躁起来。

"必须把这事埋到土里去，"他用稳重的声音说，"也就是说把我们不需要的、不符合真理、会给教会带来损害的一面埋到土里去。您明白我的意思吗，上尉？否认这个人的复活，不接受、揭穿这个骗局，不惜一切代价禁止这件事的传播……"

"我明白，大人。"

"这会很难吗？"

"当然，"斯特斯说，"我可以阻止一个骗子或者一个诽谤者说话，但是，大人，我怎么阻止一大片谣言传开？这超出了我的能力。"

大主教的眼睛开始闪耀出冷冷的光。

"我不能阻止那些哭丧妇倾倒她们的丧歌，"斯特斯继续说，"至于那些谣传……"

"采取行动让那些哭丧妇自己停止哭丧，"大主教斩钉截铁地说，"至于谣传，您必须改变谣传发展的方向。"

"用什么方式？"斯特斯用不变的声音问。

他们长久地用眼光较量着。

"上尉，"大主教最后说，"您自己相信死人是从坟墓里站起来了吗？"

"不，大人。"

斯特斯感觉他宽慰地叹了一口气。他怎么会认为我天真到相信这样荒唐的事呢？斯特斯想。

"那么，您认为必定有个人把那个女人带回来喽？"

"毫无疑问，大人。"

"那么，试试去证明这一点。"大主教说，"您要看到哭丧妇唱着唱着自己停下，谣言自己改变方向。"

"我已经尽力这么做了，大人，"斯特斯说，"我动用了一切手段。"

"没有效果？"

"或者几乎没有。确实有人不相信这个复活，但只是少数，大部分人相信。"

"那么，要把少数变成多数。"

"我尽可能去做了，大人。"

"您应该做得更多，上尉。只有一种方式可以做到这点：您必须找到带那个女人回来的人，不管是骗子、情人还是冒险家。您要坚持不懈，到处去找，翻天覆地，直到找到那个人！要是找不到，就要创造一个出来！"

"创造一个？"

好像有一道冰冷的闪电，在两人的眼光中穿过。

"换句话说，应该证明这个人的存在，"大主教说着，先垂下眼睛，"很多东西一开始看起来不可能，但是最终会得到一个结果……"

大主教的声音已经没有了开始的自信。

"我会尽我所能，大人。"斯特斯说。

这时安静下来，尴尬达到了极点。大主教低着头，沉思着。当他重新开腔，他的声音彻底变了，惊得斯特斯猛然抬起眼。他的语调和他自身一样，既温柔有礼，又具有说服力，出色地和他的外貌成为一体了。

"听着，上尉。"大主教说，"我们坦白地说吧……"

他深深地吸了口气。

"……是的，不拐弯抹角地说。我觉得您了解中央对这些问题的重视。在君士坦丁堡，很多事情都可以原谅，但是对牵涉到圣教基本原则的问题没有任何宽容。我见到过很多皇帝被杀害，被拖在奔马后，眼睛开裂，舌头断裂，仅仅是因为他们胆敢对教会的这个那个论点继续修订。也许您还记得两年前，在那个关于天使性别的激烈争论之后，首都差点成为内战的战场，这个内战差点变成一场杀戮。"

斯特斯很清楚地记得一些混乱，但是他从来没有对这种在帝国首都周期性发作的集体性歇斯底里症给予重视。

"尤其现在，"大主教又说，"我们的教会和天主教会之间的关系激化了。从今以后，涉及这类事情，都有掉脑袋的危险。您理解我的意思吗，上尉？"

"理解……"斯特斯用不确定的声音说，"但是我想知道这和我们刚刚谈的事情有什么关系……"

"很明显，"大主教说。他的声音开始稳定起来，开始恢复他那响亮的声音，"是的，很明显的关系。"

斯特斯眼睛盯着他。

"这关系到一个从坟墓里出来的事，"大主教说，"也就是一个复活。您明白这意味着什么，上尉？"

"从坟墓里出来……"斯特斯重复，"一个愚蠢的谣传！"

"这没那么简单，"大主教打断他，"这是可怕的异端邪说。极端的异端邪说。"

"是的，"斯特斯说，"从某种观点上说，就是这样。"

"不是从某种观点上说，而是绝对就是这样，"大主教几乎是喊叫着说。他的声音恢复了开始时那沉重的语调。他头伸向前靠近斯特斯，斯特斯不得不费劲让自己不后退，"今天，只有耶稣基督从坟墓里出来，您理解我的意思吗，上尉？"

"我明白，大人。"斯特斯说。

"耶稣基督从死人当中回来是为了完成伟大的使命。但是你们这里的这个死人，这个康斯坦丁——这是他的名字吗？他有一丁点资格去模仿耶稣吗？什么力量让他从那边的世界里出来，他给人类带来什么信息？嗯？"

斯特斯狼狈地不知道回答什么。

"什么都没有！"大主教大叫，"绝对什么都没有！这就是为什么这一切就是骗局和异端邪说。这是对圣教的挑衅，对任何这类挑衅，就应该毫不留情地惩罚。"

他沉默了一会儿，像是要给斯特斯时间去消化这一大堆话。

"所以，您给我听好了，上尉。"他的声音重新软下来,"如果我们不能把这个事扼杀在摇篮里,它就会像火一样蔓延开来,到那时就太晚了。就太晚了,您听到了吗?"

他下午才从三十字架修道院回来。马在主干道上小跑着,斯特斯带着同样的迟钝回想着刚刚和大主教漫长谈话的片段。明天,我得从头开始重新对待这件事,他想。事实上,他一直不停地关注这件事,他甚至免去了副手其他所有任务,以便副手能从容不迫地去查阅母亲大人的档案。不过既然公国首府对这件事的事态表示严重关注,他就得从零开始处理整件事。他要发一个新的通报给旅店和驿站,对那些帮助他们找到骗子踪迹的人甚至许诺酬金,要紧急派人去波西米亚地区查明那边的人对杜伦迪娜的出走是怎么评说的。这最后一个念头让他振奋了一会儿。他怎么没有早点想到呢?这是他自这件事发生第二天就应该完成的第一件事啊。算了,隔了一会儿他想,要好好干还不太晚。

他重新抬头看看天气。秋天的天空整个都阴沉沉的。道路两旁的小灌木在北风中颤抖,它们的摇摆似乎让原野更加荒芜。世上只有一个耶稣基督,斯特斯重复着大主教的话。与此同时,他想起康斯坦丁走过的就是这条长长的路。对这个死人,大主教说的话充满蔑视。

而且，康斯坦丁活着的时候，他本人也从来没有对这些东正教教士表现出尊敬。斯特斯不认识康斯坦丁本人，不过，副手在对他家档案的研究中发现了此人一些初步的表现。根据老太太的信，康斯坦丁总体上是个反对派。他受新思想吸引，狂热地培养新思想，有时候走到极致。在关于远近婚姻的问题上，他也是这样。他反对近处的婚姻，对自己的信念极端狂热，甚至准备接受天涯海角的联姻。要是照母亲大人的信件里的说法，康斯坦丁支持在那时还是国王和亲王特权的遥远联姻的做法，认为那应该成为所有人的通用做法，配偶家庭之间的距离更应该由他们的性格、力量和头衔来衡量。康斯坦丁坚持认为，阿尔巴尼亚的贵族具有所有必须的品格，足以承受遥远距离的考验和由此而来的悲伤。

不仅在婚姻问题上，在其他问题上，康斯坦丁也有属于自己的信念，和普遍的观点相悖，这造成了老太太在和当局打交道时候的烦恼。关于这一点，斯特斯想起了一些事，主要是关于教会的。在家族档案里有两份本地主教写给母亲大人的信，在信里，主教把他的注意力引到康斯坦丁表达的那些危险思想上，甚至是他在这里那里发表的反对拜占庭教会的言论上。就报告看来，康斯坦丁本人和他的一些朋友都固执地反对与罗马决裂，反对靠近东正教。还有其他更重要的事情，斯特斯的副手向他宣称说，不过这一点会写在他调查之后递交的详细备忘录里。

斯特斯对康斯坦丁个性的这一面印象不是特别深刻，也许是因为斯特斯自己对宗教也没有多少特别的尊敬。而且，这正是公国的官员们的一种普遍心态。对此一个正确的理由就是：天主教和东正教从远古以来就进行的斗争，已经大大削弱了阿尔巴尼亚公国里的宗教。它们正好位于两个宗教之间，所以，因为各种动机，主要是政治上的和经济上的动机，它们时而青睐这个宗教，时而偏好那种宗教。现在有一半是天主教，不过这种情况丝毫没有固定，两个教廷都抱着希望，想从对方那里抢夺影响区。斯特斯坚信亲王自己也不太关心宗教事务，他是被算在信奉天主教的亲王联盟和东正教的敌人当中的。说真的，只是半个世纪前，这个从前的天主教公国才变成东正教公国，而罗马教廷并没有丧失把它重新拉回到自己怀抱中的希望。

和大多数的官员一样，斯特斯尽量不掺和到这些事当中，对宗教教条也看得不怎么很严肃。不过，看到在上千年的罗马基督教之后，还有一部分阿尔贝里被东方教廷吸纳，他也是觉得相当不快的。他隐隐约约地希望这个地区能重回到源头的基督教，甚至有消息在悄悄流传说，亲王本人和罗马保持着秘密的联系。要是最近亲王没有发表一个重要的通报，叮嘱公国里全部官员对教廷表示殷勤，免得和拜占庭的关系恶化的话，他肯定就会用个什么借口不去见大主教。那个通报强调这种殷勤的态度由国家高级利益决定，因此，任何不了解这个指令意义的行为都将受到惩罚。

斯特斯零星地想起这些，但是他继续用目光一览无余地看着这阴暗广阔的原野。十月的寒冷渗透了整个空间。突然，他打了个颤。离路几步远的一丛灌木之后，他发现了一匹马的骸骨，白得分外突出。是马的一边胸廓和脊柱，头骨不见了。我的天，斯特斯走远了点想着，要是这是他的马呢？

他把身体暖和地裹在斗篷里，想要把这个画面从脑海中赶出去。他觉得忧伤，但是并不是一种痛苦的忧伤。那忧郁的轮廓在辽阔的原野上变淡了，冬天的临近在原野上显现出来。是什么让你从土里出来的？……你想要给我们吐露什么信息？……斯特斯吃惊地感到，这个问题好像一声叹息从自己的心底升起。他摇摇头好像是要回过神来，他可是讥笑过这么想的人的。他露出一丝苦笑。愚蠢！他想，用马刺狠狠地刺马。多么阴暗的下午！过了一会儿，他想着。天暗下来，他让马快跑起来。在骑马赶往镇上这一段时间里，他都使劲想把一切可能和这件事有关的东西从头脑里驱逐出去。他到的时候，已经是黑夜。这里那里的房子闪着微光，或远或近的狗叫声时不时地穿透黑夜的寂静。斯特斯并没有扯着坐骑朝自己家走，而是走上了主干道的方向。他自己也不知道为什么。一会儿，他来到了母亲大人房子前面那片宽广的空地。周围看不到任何房屋。空地上立着粗壮的大树，在黑暗中看起来似乎比实际上还要弯曲；在这荒凉的空地尽头，那巨大的废弃建筑张开自己黑色的主体。斯特斯靠近大门，仔细看了一会儿那更为黑黢的长方形窗户，然后骑马转了个身。于是他正好立在树木当中。他现在呆的地方，从大门口就可以认出人来。

十月十一号到十二号的晚上，应该差不多就和这个晚上一样：没有月亮，但是也绝不是很黑。杜伦迪娜也许就是在这个地方和那个神秘的骑士分开。斯特斯突然感觉自己已经呆过这个地方。不过这是混乱的回忆，好像掩埋在废墟之下。有一会儿，他甚至听不到自己的坐骑啪嗒啪嗒的马蹄声。他就像在空气中骑马。无聊，他想。他的想象如此紊乱，这件事的碎片如絮般贴到他身上。等他重新听到了马蹄声，又恢复了平静……杜伦迪娜肯定就是在这和那个神秘人分手的。当母亲打开门的时候，那个人可能正要走远，但是也许母亲之前在窗户里已经看清了什么呢？看清了给她造成致命打击的东西……斯特斯原地转着马。老太太在这半明半暗中发现了什么呢?那个走远的人是她死去的儿子吗?(杜伦迪娜已经对她说了:是我哥哥康斯坦丁带我回来的。)或者相反,那不是她儿子,她的女儿骗了她?有可能,但这样就不能解释她受到的打击。又或者,在要分开的时候,杜伦迪娜和那个神秘人最后一次在黑暗中拥吻……够了!斯特斯想着,猛然把马转过来,骑向大路。在最后一刻,他转过头,悄悄地,好像要在黑暗中努力逮住窥伺自己的目光。但是什么都没有,只有黑黑的夜,好像在嘲笑他。

第四章

从三十字架修道院回来的第二天,斯特斯重新开始,去弄清杜伦迪娜回来之谜。他起草了一份新的指令,比前一份更详细,不仅下令逮捕所有可疑分子,而且许诺,无论谁帮助逮住了那个骗子,不管是直接的还是举报,都可以得到奖赏。此外,他还下令要副手去查从九月末到十月十一日之间不在镇上的人的名单,再暗中调查每个人的行为举止。在此期间,他还要他的一个手下马上上路去波西米亚的边远地区,就地打听杜伦迪娜离开时的情形。

那个手下还没出发,从亲王公府就传来了第二道命令,口吻比前一道命令吓人得多,要求在最短期限内把事情查个水落石出。斯特斯马上明白大主教也和亲王联系过了,而亲王明白自己的官员在服从教廷指令上是很不热心的,认为自己有必要再次介入。他的命令强调,最近一段时间政治形势尤其是和拜占庭的关系很紧张,亲王所有的官员都需要保持明智和理解。

不过，大主教还是没有离开三十字架修道院。他赖在那儿不想挪窝是有什么事？斯特斯自问。这个老狐狸肯定是呆在那儿窥伺。

斯特斯变得越来越烦躁。副手就要把档案研究完了。一次又一次冗长的辨别认读，他的眼珠都鼓出来了，看起来就像一直在出神。"我觉得你好像在全神贯注地思考啊，"斯特斯在自己超负荷工作的空暇逗他，当作开玩笑，"谁知道你会从这些档案中给我们拿出什么东西来？"副手没有微笑，而是用奇怪的眼神看着他，好像在说："您以为那里有开玩笑的东西，但是我，我正在从中找出让您目瞪口呆的东西。"

斯特斯不时走近窗户，像是要让目光落在辽阔的原野上。他自忖着，此事的真相是不是根本就和大家的想法不同，所谓和神秘骑士的死亡之行，或许只是杜伦迪娜那有病的脑袋的产物。说到底，没有人看到这个骑士，而给杜伦迪娜开门的老太太是唯一的证人，她也没有证实任何类似的事情。我的天，他想，很可能这一切从来就不存在！也许杜伦迪娜通过某种方式知道了袭击她家的不幸，就自己上路了。她可能花了很长的时间、很多个月、甚至几年去赶路，但是因为在深深的惶恐中，她以为是在一夜之中就走完了这段路，否则就不能解释她看见天空中成群飞过的星星。而且，从波西米亚到这儿至少需要十天十夜,但是对一个觉得好像只有一夜的人来说,可以料想,一百天也会产生同样的印象。更普遍地说,一个在这种状态下的人很容易产生各种各样的幻觉。

斯特斯使劲地回忆最后一次见到杜伦迪娜的时候她的脸,想从中分辨出某种精神疾病的迹象。但是白费劲,她的面孔一直在躲避他。于是他努力把这最后一种假设从脑海中驱逐出去,因为他觉得,这种假设会让自己继续调查的热情冷却。快了,他想,很快,我派的人从波西米亚一回来,就会清楚了。

他派出的人出发去波西米亚地区三十六小时之后,就有人通知斯特斯,杜伦迪娜丈夫的亲戚刚刚到了。一开始谣传是她的配偶本人,但是随后搞清楚是他的两个堂兄弟。

斯特斯马上派了另一个信使去把那个去波西米亚的人叫回来,然后去迎接那两个刚来的堂兄弟,他们下榻在路口的旅店。

这是两个年轻人,外貌举止非常相像,人们会把他们当成孪生兄弟,尽管他们并不是。因为旅途漫长,他们还很累,斯特斯出现的时候,他们还没有时间去洗澡换衣服。斯特斯情不自禁地盯着他们那布满尘土的头发。斯特斯的行为过于奇怪,两兄弟中的一个扯出自责的微笑,用手擦过头发,用无法理解的语言发出几个单词。

"他们说哪种语言?"斯特斯问副手,副手比他早到一会儿。

"鬼才知道,"副手回答,"我觉得好像是一种混杂了西班牙语的德语。我已经派了个信使去老修道院,叫他带个讲外语的僧侣来。他应该不会再耽搁了。"

"用我所知的一点拉丁语,我很难让他们听明白。"旅店老板说,"他们拉丁语也说得残缺不全。"

"也许他们需要洗一洗,休息一会儿,"斯特斯对旅店老板说,"告诉他们,要是他们想,就到楼上去等翻译来。"

旅店老板用蹩脚的拉丁语重复了斯特斯的话。他们点点头以示同意,一个跟着一个爬上木楼梯,木楼梯喀喇喀喇地响,好像就要断裂了。看着他们上楼,斯特斯又情不自禁地打量起他们那满是尘土的大衣。

"他们说什么了吗?"木楼梯一停止喀喇响,斯特斯就问,"他们知道杜伦迪娜死了吗?"

"他们在路上就知道她和她母亲死了,"副手回答说,"他们肯定也知道了其他相关的细节。"

斯特斯开始在旅店的大厅里闲逛,这个大厅也起接待作用。其他人——副手、旅店老板和另一个人,眼睛就跟着他转来转去，不敢打破沉寂。

老修道院的僧侣半小时后到了。那两个外乡人一个跟着一个走下木楼梯，那喀喇喀喇声在斯特斯的耳朵里好像更危险了。他们的头发现在已经去除了大部分的尘土，看起来很干净。

斯特斯转身朝向僧侣，对他说：

"请告诉他们，我是斯特斯上尉，本地的治安负责人。我想他们是来了解发生在杜伦迪娜身上的事的，是不是？"

僧侣把这几句话翻译给外乡人，但是他们互相看着，带着什么都不明白的神情。

"你用哪种语言对他们说话？"斯特斯问。

"我要试着用另外一种语言。"僧侣说，没有回答他的问题。

他对他们重新说了一遍，两个外乡人头靠向他，带着受难者的表情，绞尽脑汁想要明白别人对他们说的话。然后他们中的一个说了几个词，这一回，是这个僧侣显出了同样困惑的表情。这种语言交流和脸部游戏持续了一段时间，直到僧侣最后说出几个长句，两个外乡人这回才边听边点头，表示极其满意。

"我终于发现了，"僧侣说，"他们说的是一种掺杂了斯拉夫语的德语。我想我们可以互相理解了。"

斯特斯马上发话。

"你们来得正及时，"他说，"我想你们已经知道了发生在你们堂兄的妻子身上的事。我们都很难受。"

外乡人的脸色暗淡了下来。

"你们到之前，我已经紧急派了人去你们那里，查找她离开那边的真相，"斯特斯继续说，"我希望能从你们这得到点消息，同样你们也可以从我们这得到点消息。我想，我们双方都对发现真相很感兴趣。"

两个外乡人点头表示赞同。

"我们出发的时候，"一个外乡人说，"什么都不知道，只知道我们堂嫂突然走了，和她的哥哥康斯坦丁在比较古怪的情况下突然离开了。"

他停下来，等着僧侣翻译他的话。僧侣明亮的眼睛一直盯着他。

"在路上，"第一个人继续说，"在离你们这儿很远的地方，我们就知道了堂嫂确实到了自己父母家。她的哥哥康斯坦丁，据她所说，应该是和她一起离开的，但是他却已离开这个世界三年了。"

"是的，"斯特斯说，"没错。"

"在路上，我们还知道了老太太的死，我们都很遗憾。"

这个外乡人垂下眼睛。接着是一片寂静，斯特斯此时示意旅店老板和两三个好奇者离开。

"您没有一间单独的房间吗?"斯特斯问此地的主人。

"当然有,上尉先生。就在后面,我有一个安静的地方。请您过来。"

他们依次走进一个小房间,斯特斯请他们坐在木雕的椅子上。

"出发的时候,"一个外乡人继续说,"我们只有一个目的,就是搞清楚她离家出走这件事。也就是说,一方面,肯定她确实到了她父母家;另一方面,打听她离开的原因,当然还要弄清楚她还想不想回来。"

僧侣在翻译的时候,那个外乡人眼睛直盯着斯特斯,好像是在猜斯特斯是不是真的明白自己的话。

"因为这样的离家出走,您明白,会导致……"

"当然,"斯特斯说,"我明白你的话。"

"但是,"另一个接着说,"现在另一桩事冒出来了,她死去的哥哥的事。我们的堂兄,杜伦迪娜的丈夫,对此一无所知,您猜得到这肯定会产生新的谜。要是杜伦迪娜的哥哥死了三年了,那么带她回来的那个人是谁呢?"

"正是,"斯特斯说,"好几天以来我都问自己这个问题,很多人都在问这个问题。"

他张开口想继续,但却失去了思绪的连贯性。不知怎的,刹那间,他脑中出现了那天下午倒在原野上的那匹马惨白的骨骸,它就好像是从哪个可怕的梦中偶然坠落了下来似的。

"谁见过那个骑士?"他问。

"哪儿?哪个骑士?"外乡人几乎异口同声地说。

"就是那个认为是她哥哥、带她回来的人。"

"啊,是的……是离那不远的一些女人。她们说看见过一个骑士在堂兄家附近,杜伦迪娜急匆匆地上了他的马。而且她还留了一张条。"

"是的,"斯特斯说,"她对我说过这张留言条。你们见过吗?"

"我们带来了。"那个说话说得少的外乡人说。

"怎么?你们身上有这张留言条?"

斯特斯不敢相信自己的耳朵,但是那个外乡人已经在翻找他的皮囊,最终真的抽出了一张条。斯特斯欠身仔细看着这张留言条。

"她的字迹,"副手从他肩后说,"我认得。"

斯特斯睁大眼睛看着那粗大的字母,那好像是一只笨拙的手写的。文字是用外语写的,无法明白。最后一个词被画掉了。

"她写了什么?"斯特斯更靠近些问。这些词当中,他只认识她哥哥的名字，不是用阿尔巴尼亚语写的。
"其他词是什么意思？"他再一次问道。

"我和我哥哥康斯坦丁走了。"僧侣翻译说。

"那个被画掉的词呢？"

"它的意思是'如果'。"

"也就是：'我和我哥哥康斯坦丁走了。如果……'"斯特斯重新概括一遍，"这个'如果'是什么？为什么要画掉？"

想隐瞒什么事情？斯特斯突然想着。掩盖真相？揭露什么事情的最后尝试？那她为什么突然又改变主意了呢？

"很可能她很难继续用那个地方的语言解释，"僧侣说，眼睛一直没有离开那张留言条，"其他词也满是拼写错误。"

所有人都不说话了。

斯特斯的思想就围着一个中心：他面前终于有了一个物证。沉浸在这迷雾的焦虑之中，这下终于出现了一小张杜伦迪娜手写的留言纸。而且，那个骑士也被一些女人看到了，所以他确实是真有其人的。

"那是哪天发生的？"他问，"你们记得吗？"

"九月二十九日。"那两个人中的一个回答。

所以这回轮到时间在一大片迷雾中显现出来了。一个非常漫长的夜晚,成群的星星飞过天空,杜伦迪娜如是说。而现在牵涉的是一个十二天或者更确切地说是十三天的旅程。

斯特斯觉得很混乱。他刚刚知道的具体实证——杜伦迪娜的留言条、把她带在马后的骑士和十三天的旅程——不但没有让他感觉在脚踏实地地取得进展,反而给他带来了巨大的空虚。看起来,这些东西靠近后,并没有减弱那不真实,反而使得不真实的东西变得更加可怕。斯特斯不太知道要说什么。

"你们要去公墓吗?"他最后问。

"是的,当然。"外乡人同声说。

他们一起步行去那儿。在窗后和房屋的游廊上,几十双眼睛跟着他们走向教堂。守墓人已经打开了栅栏。斯特斯第一个进去,他的靴子后跟沾上了大块的泥。外乡人心不在焉地打量着一行行的坟墓。

"那就是她的哥哥们,"斯特斯在一列黑黑的墓碑前停下说,"那是母亲大人和杜伦迪娜的。"他继续说,指着两堆土,那上面只立了两个临时的木十字架。

新来的人静止了一会儿,低着头,他们现在的头发让人想起圣像两边大烛台上流淌着的蜡。

"这个墓是康斯坦丁的。"

斯特斯的声音显得很远。墓的石板稍稍向右翘起,没有被放回原位。斯特斯的副手仔细看了一下自己长官的脸，从他的表情明白没有必要提起这块墓石的移位。守墓人陪着一小群人站在稍远的一边，也没有说话。

"好了，"当他们重新上路的时候，斯特斯说，"这整个家现在只剩下一行墓了。"

"是的，这确实让人悲伤。"一个外乡人说。

"但是我们都对杜伦迪娜回来感到很困惑，"斯特斯又说，"也许比你们对她的离开更加困惑……"

在这一小段路上，他们又谈起了这个年轻女人谜一样的旅程。这样的离家出走，不管怎样，都是没有说服力的。

"她在那儿想家吗？"斯特斯问，"我的意思是说她应该想念她的亲人吧……"

"当然。"一个人回答。

"而且，一开始，她不懂你们的语言，这一点显然增加了她的孤独吧。她为家人担心吗？"

"很担心，尤其是最近一段时间。"

在那样的孤独当中……

"啊，尤其是最近一段时间？"斯特斯重复。

"是的，最近一段时间。她没有看到任何一个亲人过来，一直惶惶不安。"

"惶惶不安？"斯特斯问，"她肯定要求过要自己回来。"

"是的,有好几次。我的堂兄对她说:'如果从现在到春天还没有你的家人来看你,我就自己送你回去。'"

"真的吗?"

"事实上,她并不是唯一这样担心的人,我们全都开始害怕这里发生了什么事。"

"看起来,她并不想等到春天。"斯特斯说。

"应该是这样。"

"知道她离家出走,她的丈夫,肯定……"

两个外乡人互相看了看对方。

"当然,这一切都非常奇怪。她的哥哥去找她,但是为什么没有在家里露个面呢,哪怕只有一会儿?哦,当然,康斯坦丁和我堂兄之间发生过不愉快的事,但是从那时起,那么久的时间过去了……"

"不愉快的事?哪一种?"斯特斯问。

"就在婚礼的那天,"副手压低声回答,"老太太在信里提过。"

"但是,撇开那个事故,"那个外乡人又说,"她哥哥——就算那真是她哥哥的话——的行为也没办法解释。"

"请原谅,"斯特斯说,"但是我想请问你们,她的丈夫有没有想过那可能不是她的哥哥呢？哪怕只是一瞬间？"

他们又互相看看对方。

"是的……我怎么说呢？当然，他怀疑过。当然，如果那不是她哥哥，肯定就是别的人……在这个世界上，必须要预料到所有的事情，但是没有人曾经想到过这样的事。他们相处得很好。当然，她不是很自在，因为她是外乡人，她不懂我们的语言，尤其是她想念她的亲人。但是，尽管如此，他们还是很相爱。"

"尽管如此，这个离家出走，像这样……"斯特斯插话。

"必须承认这点，这很奇怪。就是为了搞清楚，我们才受堂兄委托走了这么远的路。但是到了这里我们发现情况更加复杂。"

"情况更加复杂，"斯特斯重复，"确实，从某种意义上说。不过尽管如此，杜伦迪娜的的确确是到了她父母家了。"

他轻轻地说出这些话，好像很难把自己的想法表达给别人，同时他又在心里想着：为什么你还要替她辩护呢？

"是的，"一个外乡人回答，"从某种意义上说，那天以后我们就安心了。杜伦迪娜真的回到了父母家。但是现在又冒出一个新的谜了：和她一起走的是死了很久的哥哥。人们肯定会问是谁带她回来的，因为肯定有个人把她带到这的，不是吗？好几个女人见过那个骑士。那么，她为什么要撒谎？"

斯特斯低下头，沉思着。路上的水洼满是腐烂的落叶。他觉得告诉他们自己已经提过这个问题是多余的，而且他也觉得告诉他们自己提出的骗子的假设并没有用。他现在比任何时候都怀疑这些假设的理由。

"我不能和你们谈话了。"他耸耸肩说。他觉得累了。

"我们也不知道要说什么了，"那两个人中的一个说，就是到那时为止说得最少的那个，"这一切都太让人伤心了……我们明天就走，我们在这儿再没什么要做的了。"

斯特斯没有回答他。

是的，他迟钝地想着，他们在这里再没有什么要做的了。

外乡人第二天就走了。斯特斯觉得，只有等到他们走了，才能试着从容不迫地理清杜伦迪娜事件，也许这是最后一次尝试。很明显，她丈夫首先怀疑这是配偶的背叛，在这种情况下，两个堂兄弟来这里，是为了核实杜伦迪娜在留言条上是不是说了真话。也许他是对的，也许这件事简单得多，就像有些事一样，因为很简单，为了不让人发现它们的简单，反而让人的思想变得混乱。斯特斯觉得好像已经解开了这个谜。到那时为止，他总是觉得在这件事中有一个骗子；但是，事实的真相是另外一种。没有人骗杜伦迪娜，相反，就是她自己，先骗了她丈夫，然后骗了她母亲，骗了其他所有的人。她愚弄了我们所有的人，斯特斯想，恼怒中夹杂着伤心。

之前，怀疑杜伦迪娜撒谎的这个想法不时地在他脑海中萌芽，但是马上又消失了，消融在笼罩这件事的迷雾当中。这很好理解，因为这是牵涉到充满了未知数的事件。只要回忆起自己之前怀疑过骑士和骑马赶路的真相，怀疑过杜伦迪娜在回到自己家之前已经离开丈夫家好几个月甚至好几年了，脑海中只要想起她可能遭受过的精神疾病，斯特斯所有美好的推论看起来就都似是而非了。然而，从波西米亚来的外乡人驱散了所有的怀疑。现在有一张他亲眼见过的留言条，关系到她和一个男人离家出走。有好几个女人看见过那个骑士，而且尤其是这一切都有一个日期来支持：九月二十九日。现在你可卡住了，斯特斯不无遗憾地想。想到这个谜马上就要解开，他感受到的满意度相当轻微。也许他在感情上过于重视这个谜，并不希望看到谜被解开。而且，他觉得自己好像有点被背叛了。

所以这一切，撇开死亡背景，就只是一个庸俗的爱情故事。这就是这件事的本质，其他的只不过是一些枝节罢了。他妻子一开始就是这样看待这件事的，她是对的。女人对这类事情偶尔会有独特的嗅觉。是的，是的，斯特斯向自己重复着，好像想尽可能让自己深信这一点。一次和情人的旅行，撇开夹杂在爱和性中的死亡。但是正是这使得这个故事更加有分量。她说过，只要这一旅行不停地重复下去，我有什么不能付出的呢？是的，当然了，斯特斯想，当然了……

他想起她来并无怨恨，但是他感到有点倦了。他的思想开始启动惯常的机制去重构发生的事情，一开始是不知不觉，之后越来越执拗。他偶尔也会想到那两个外乡人，他们此时正在赶往欧洲心脏的路上，他们肯定也会像他一样，反复思考着同一件事情。他们两个肯定都比在这儿说话要坦白得多。他们会提到他们自己发现的蛛丝马迹，或者提到从别人那里听来的关于这个外乡人——杜伦迪娜，欺骗自己丈夫的倾向。

斯特斯慢慢地把事情的情景补充完整。杜伦迪娜婚后不久意识到自己不再爱她的丈夫了。她很忧郁，很后悔自己的婚姻。而她的压抑是因为不懂得当地的语言，因为孤独，尤其是因为思念亲人，而变得越发强烈。她回忆起对这桩婚事长久的讨论和犹豫，那些支持的人和反对的人，而这只是增加了她的忧伤。而且，她的哥哥们没有一个来看她，甚至向她做过承诺的康斯坦丁也没有。她有时候也担心，害怕亲人们遭受了什么不幸，但是她马上把这些悲观的念头排除了，心里想着，幸好她不止一个两个哥哥，而是九个，全部都是风华正茂的年纪。她更相信是他们把她忘了。他们让他们唯一的妹妹远远离开，把她送到视野之外，现在，他们甚至都不再想她了。她的悲伤从此和一种对自己丈夫的敌意同时产生了，她把自己所有的不幸都归咎于他，他从世界尽头来找她就是为了打碎她的存在。持久的悲伤、没有欢乐，就和想报复丈夫的念头交织在一起。抛弃他，离开，但是去哪里呢？她这个二十三岁的女人，很孤单，在一块陌生的大陆中是彻底的孤单。当然，在这样的情况下，唯一的安慰肯定就是某种感情关系了。也许她自己还没有意识到就投入了这种感情纠葛，来稍稍填补空虚？她委身给了第一个来追求她的男人。很可能就是随便一个赶路人。（也许对她来说是把她和大路联系起来的希望？）她没有过久地思考，就决定和他离开。她开始想不通知任何人就离开，后来，到了最后一刻，也许是出于对自己丈夫最后的内疚，甚至也许只是出于单纯的礼貌（她是在一个很重视这类规矩的家庭中长大的），她决定给他留个条。那时，她又犹豫了：和他说真话还是不说呢？也许是出于对人的尊敬，不想伤害他的自尊，而不是其他任何动机，她决定写她和她哥哥康斯坦丁走了。这样更可信，因为康斯坦丁曾经许下承诺，有喜事或丧事的时候，会来找她，这个承诺，所有人都知道，包括她丈夫。

就这样，她和她的情人走了，没有想到其他的。不管他们是不是计划结婚，都不重要。可能她想随后和他去自己家人那儿，向哥哥们和母亲解释自己的情况，向他们吐露自己的痛苦和孤独（那是怎样一种孤独……）。兴许，听了她的话以后，他们会原谅她的冒险，兴许她能够和她的第二个丈夫一起生活在他们身边，永远不再离开……永远……

但她只是模模糊糊地想到这一切。她享受着眼下的幸福，一点也不愿意过多地担心未来。她还有时间，可以日后再看。她就和她的情人，从一个旅店跑到另一个旅店（他们肯定卖了她的首饰），陶醉在幸福当中。

但这幸福只持续了很短的时间。就在一个旅店里（因为在这些大路边的旅店，人们可以知道很多事，在秋天漫长的夜晚），她听说了打击她家庭的丧事。也许她得知了打击自己亲人的全部不幸，也许她只是知道了一部分，也许她还想象了一下应该会发生的事情，因为她隐约听人说起过那支染了鼠疫的外国军队，那鼠疫蹂躏了一半的阿尔巴尼亚。她那时肯定变得像个疯子了，内疚、恐惧、焦虑让她几乎失去了理智。她请求情人马上带她回家，他同意了。所以，是她，是杜伦迪娜，带这个神秘的骑士，艰难地找回了自己的路，从一个国家到另一个国家，从一个公国到另一个公国。

他们越靠近阿尔巴尼亚的国境，她就越来越多地考虑别人问起"谁带你回来"的时候，她该如何回答。之前她还没有过多担心，打算到家再考虑。现在，她父母的家已经不再遥远，必须解释她的到来。要是她说自己是由一个陌生人陪着来的，她不太可能让人相信。坦白地说自己是和情人来的，这也不可能。之前，她都是缺乏条理地想到这些，没有过多的逻辑，因为那丧事让这个问题失去了重要性。而这个问题从现在开始，会变得越来越有影响力。当她的思绪四处游荡想找到一个解决方法的时候，她记起了康斯坦丁的承诺，马上决定：她要说是康斯坦丁实现了诺言带她回来的。所以她知道他不在家，他缺席，他死了。她还不知道打击自己家的不幸是多么沉重，但是她知道有死亡。显然，她特别打听了康斯坦丁的消息。为什么？当然，他在她脑海中占的位置比别的哥哥们重要，因为他向她许诺要来找她。

在她那漫长的饱受痛苦的日子里，她一直期待着看到他出现在尘土飞扬的路上。

现在，家就在眼前了，即使她想，可是因为她那晕晕乎乎的思绪，她已经没有时间去编造一个新的谎言。所以她说是死人带她回来的。她最终就这样敲了门。她要她的情人在一边等着，不要让人看见，也许她和他定了一个几天后的约会。她母亲从屋里，向她提了一个她一直在等待的问题：你和谁回来的？她回答：和康斯坦丁。母亲告诉她他死了，但是杜伦迪娜知道，她的情人想要在门开以前最后再吻她一次，他在半明半暗中这么做了。老太太从窗户里看到了这个吻，她对此感到恐惧。她相信是自己的儿子走出坟墓带自己的女儿回来的吗？更大可能是，她并不认为那是她的儿子，而是某个陌生人。不管怎样，不管她认为杜伦迪娜是吻了一个死人还是一个活人，她对这个吻都感到同样的恐惧。但是完全可能她是相信杜伦迪娜吻了一个陌生人。所以女儿的谎言在她看来是最为可怕的：在这丧期当中，她还像一个无耻的女人那样寻欢作乐，和不认识的路人在一起！

门开了以后，母亲和女儿之间所发生的：她们的解释、诅咒、哭泣，这些没有人知道。

之后事情就加速了。杜伦迪娜知道了那悲剧是多么深重，很自然地，她那时失去了和情人的所有联系，直到结局突然到来。斯特斯的错误在于，他匆忙发给旅店和驿站的第一道命令，只要他们关注从远方来的两个骑马的人（一男一女骑同一匹马或者各骑一匹马），而他本应该命令他们同样要注意所有朝边境去的单身行人。他在第二道命令中弥补了这个差错，仍然怀着美好的希望，希望能够逮住那个神秘人，尤其是那个人应该呆在哪个隐蔽的地方，想看看事情怎样发展。但是，就算还没有把他抓到手，他的行踪也很可能被注意到，可以通知邻近深受拜占庭影响的公国和伯爵领地，把他在哪个地方抓住。

回去吃饭之前，斯特斯又一次问副手有没有收到旅店的通知。副手摇头否认。斯特斯把斗篷套上肩膀，正准备出去的时候，副手对他说：

"我的档案研究结束了。明天，您要是有空，我可以给您看看我的报告。"

"啊，是吗？事情是怎么样的？"

副手定定地看着他。

"我有自己的想法，"他轻柔地说，"和现在流行的看法很不相同……"

"啊，是吗？"斯特斯又这么说着，微笑着，没有看他，"再见，"他补充，"明天我听你做报告。"

他几乎是心不在焉地走路回了家。有好几次，他的思绪又回到了现在骑往波西米亚的两个外乡人，想到他们正在脑中反复思考的事情。那些事情，从某种意义上说，他在他们之前就已经想到过了。

"你知道吗？"他一进门就对妻子说，"我觉得你是对的。很可能杜伦迪娜的整个事件，归根结底，只不过是一个庸俗的艳遇。"

"啊，真的吗？"

在他眼睛的光彩下，她的脸满意地变红了。

"她丈夫的两个堂兄弟来过之后，一切都清楚了。"他一边补充，一边脱掉斗篷。

因为坐在火边，他觉得屋子里好像有什么东西苏醒过来了。这是一种感觉到的生机，而不是看到、听到的。他妻子做饭时的那些习惯动作变大了，碗碟的声音也变大了，甚至菜的香味也变得更宜人了。她摆餐具的时候，他在她的眼中捕捉到一种感激的光芒，很快战胜了近来他们都注意到的持续的冷淡。随后，整个就餐过程中，斯特斯的眼光变得更加温热，更加充满暗示。吃过饭，他叫孩子去休息，自己在久违的欲望驱使下进入卧室，等着她。她一会儿之后进来了，眉间眼角闪着同样的光彩，刚刚梳理过的头发垂在肩上。斯特斯突然想，以后的日子，那个死去的女人肯定还会在他们之间重新制造些什么，要么就是像这次一样给他们带来肉体的热情，要么就是泼冷水。

他带着无比的快感抓住妻子。她也好像深受狂热的折磨，奋力挺起下身。他努力进入到最最深处，就像在寻找第二个性器官。他觉得好像触到它了，到达了那个点了，新的黑夜和新的湿意在那一点上开始。接着，他觉得这第二个性器官的阴唇把他吸得更深，邀请他进入到一个看起来不能达到的地方。他情不自禁地溢出一声野兽般的"啊"，精液在这时终于倾泻在那里，在他自己不能进入的黑暗当中。天哪，他自己也不知道为什么低低地叫着，冲动在这时坠落下来，他觉得自己整个地沉沦下去。

过了一会儿，躺在妻子身边，他在她红晕的脸上发现微笑的光泽，听到她在低低地说话，虽然有结婚这么多年来的性亲密关系，但是她从来不敢对他这么说。她承认她很少感受到这样的快感，他的性器从来没有这么……绷紧……

在其他任何场合下，她这样不顾羞耻肯定会让他吃惊，但是这一天，没有。"我觉得，"他并没有看着她，对她说，"你还有别的要说。"她微笑着。"是的，"她回答，"这是一种奇怪的感觉……我那时在想，它不仅很硬……而且，怎么说呢……而且很冷。"

这次，轮到他带着疲倦的神情微笑了。他向她解释说，这种感觉，女人每次在自己狂热到极点的时候，都会感受到的。

当喘息平静下来，他们很长一段时间都没说话，时而打量着房间里木雕的天花，时而凝视着窗户，从半开的百叶那儿看着秋末的一角天空。

"看，一只鹳，"她说，"我一直以为它们早就离开了。"

"偶尔还剩下一些。这是一只迟到的。"

没有说明为什么，他觉得，从吃饭时开始中断的关于杜伦迪娜的谈论，可能又会重新开始。他用一个爱抚的动作，整理了妻子鬓角的一绺头发，成功地把妻子的目光从天空移开，确信自己这样避免了重提那个死人的任何话题。

第二天，在叫副手来汇报从弗拉纳也家的档案审查中得出的结论之前，斯特斯瞄了一眼过去一个星期的犯罪卷宗。一起撬锁偷盗案，两起谋杀案，一起强奸案。

他浏览着关于杀人犯的报告。两起族间仇杀案，这些杀人犯好像是要利用杜伦迪娜事件的风声，根据古老的卡努法，急匆匆地重新掀起血腥。就算这样，你们还是逃不过惩罚，斯特斯嘟囔。在"开枪者被逮捕"的评语上，他把根据风俗习惯法则所用的"开枪者"这个词画掉，替换成"杀人犯"。然后在边上加上："给他们戴上镣铐，像所有的罪犯一样。"

"你们还以为可以重新获得什么优待吧。"他低声抱怨。这个古老卡努法，在漫长的睡眠之后，不知道为什么，好像想要死灰复燃。尽管亲王三令五申要严加提防，声明只有国家的法律才唯一有效，风俗习惯法则不包括在里面，可是在公国境内，这种私下的审判案一直在不停地增加。

斯特斯在"像所有的罪犯一样"这几个字下面画线强调，然后去读最后一份报告。玛利亚·孔蒂，二十七岁，已婚，周日弥撒出来后猝死。丧礼第三天的夜里被奸。没有肉体损害，首饰和婚戒没有失窃。

他揉揉太阳穴。这是最近几年当中的第二起奸尸案。天哪，他叹口气，突然很累，然后把副手叫来。不过，与其说这是个强奸案，不如说是一个庸俗的性关系。总之，差不多正常的……

副手显出最近几天一直就有的心不在焉的神情，斯特斯注意到他的脸色很差。

"我已经对您说过，昨天还对您重复过，"他说，"我通过研究这些档案，得出一个结论，这个结论，和到现在为止人们对这件扰乱人心的事件所普遍流行的观点是很不相同的。"

我还从来没有想过,和档案打这么久的交道会让人变成这种混凝纸的脸色,斯特斯想。

"我从中得出的解释也和您本人的想法很不同。"副手又说。

斯特斯抬高眉毛,表示惊愕。

"我在听你说。"他说,因为副手看起来在犹豫。

"这不是我的想象,"副手继续,"这是我仔细审查弗拉纳也家的档案,尤其是老太太和多比亚伯爵的所有通信时,显露出来的真相。"

他打开拿在手上的卷宗,从中抽出一捆因为时间久远而发黄的厚厚纸张。

"从这些信中得出什么?"斯特斯不耐烦地问。

副手深深地吸了口气。

"老太太会不时地告诉老朋友她的忧虑,或者就家族的某些私事询问他的意见。她一直有留存信件复本的习惯。"

"我明白,"斯特斯说,"只是,请你简略些。"

"是,"副手说,"我会尽量。"

他重新吸气,揉揉太阳穴。

"在有些信中,尤其是较早的一封信里,老太太暗示了自己儿子康斯坦丁对妹妹杜伦迪娜有种违反天性的感情。"

"啊，真的吗？"斯特斯叫道，"这种违反天性的感情是什么？你可以说明白吗？"

"那封信没有包括细节。不过，要是把这个和之后的信里提到的一些事情联系起来，尤其是和多比亚伯爵的回信联系起来，很明显，这是一种乱伦的感情。"

"哦，哦。"

副手的前额溢出大滴大滴的汗珠。但是，他假装没有注意到自己长官那讽刺的语气，继续说：

"事实上，伯爵马上明白这影射的是什么，在回信中，"副手在斯特斯眼皮下抽出一张纸，"他要她不要自寻烦恼，因为那只是他们那个年纪特有的临时现象。他甚至给她举了他认识的家族里两三个类似的例子，强调这种现象尤其会发生在只有一个女儿的家里，就像杜伦迪娜的例子。'只是，要关心和注意，让这稍稍违反天性的感情重新变得正常。不管怎么说，我们见面再详细谈。'"

副手抬起眼，想看看这段朗读给长官的印象，但是斯特斯的目光锁在桌子的台面上，手指神经质地不停敲打台面。

"之后，他们的信没有再提到这个，"副手又说，"似乎，就像伯爵预测的那样，哥哥对妹妹的那种不健康的感情从此就属于过去了。但是,几年以后,在另一封信里,那时候杜伦迪娜到了要订婚的年纪,老太太写信给伯爵说,康斯坦丁不能掩饰自己对妹妹所有可能的未婚夫的嫉妒。她说,因为他,他们不得不拒绝好几个优秀的结婚对象。"

"但是她呢,杜伦迪娜呢?"斯特斯插话。

"对她的态度只字未提。"

"后来呢?"

"后来,老太太告诉伯爵刚刚缔结的遥远的婚约,她写信告诉他,说她自己、杜伦迪娜和自己大多数的儿子都犹豫了很长时间,因为离得太远,但是这次,是康斯坦丁积极地支持这门联姻。伯爵在专门写给老太太的祝贺信里说,康斯坦丁对这门遥远婚姻的态度一点也不令人惊讶,恰恰相反,根据她之前对他说的,任何很近的联姻都会逼得康斯坦丁看到自己的妹妹和自己认识的男子结合在一起,都会刺激到他。所以他更容易接受和远方一个不认识的人的联姻,最好是外国人,尽可能地远离他的视野。他在后面写道,这个婚约缔结得很好,哪怕就是为了这个原因。"

副手查阅了一会儿卷宗。斯特斯眼睛锁在地板上。

"最后,"副手接上话,"我们还有这封信,老太太向她的通信人汇报婚礼的情况,尤其是发生在婚礼上的事故。"

"啊，是的，那个事故。"斯特斯说，像是被人从昏昏欲睡中扯出来似的。

"要是没有提到这个事故，或者把它看作在这种情况下发生的一件普通的事而只提到一部分，那仅仅是因为这些人不知道我刚刚对您说的这些。而母亲大人很清楚，给这个事故做了个正确的解释。在教堂举行过结婚仪式后，康斯坦丁像个疯子一样来来去去，在大家陪同新郎的亲人去大路的时候，他和妹妹的丈夫纠缠不休，对妹妹的丈夫说：'她还是属于我的，你明白吗，属于我的！'老太太写了这些之后，向老朋友说，谢天谢地，这个漫长的故事，她不得不遭受的最后波折就这样了。"

这个下级军官，好像被这个冗长的解释弄得很累，咽了下口水。

"这就是从信中明显看出来的，"他又说，"家里丧事过后写的两三封信里，老太太哀叹自己的孤独，痛苦地后悔把女儿嫁得这么远。其他的没有了，就这些。"

重新静下来。一时之间，只听到斯特斯的手指轻轻敲打桌面的声音。

"那这些和我们的事有什么关系？"

副手抬起眼。

"很明显的关系，甚至是直接的关系。"

斯特斯继续用询问的神情看着他。

"我想您同意我对康斯坦丁乱伦感情的确定。"

"我对此并不惊讶，"斯特斯说，"有时会有这种事。"

"我想，您也同意，他坚持要把他妹妹嫁得远远的，这一点证明了他在心中作斗争，想要战胜这种违背天性的倾向。换句话说，他想给妹妹找一个尽可能远离自己视线的配偶，也就是说，尽可能远离任何的乱伦。"

"这很清楚，"斯特斯说，"说下去。"

"那个事故说明了他活着的时候最后的痛苦。"

"他活着的时候？"斯特斯重复。

"是的，"副手提高声音，"没有明显的原因。事实上，我确信，这种没有被满足的乱伦感情那么强烈，连死亡也不能消灭。"

"唔。"斯特斯说。

"这种没有实现的乱伦在死后突然出现了，"副手继续说，"康斯坦丁以为妹妹嫁得远就避开了这种乱伦。但是，正如我们看到的那样，无论是遥远还是死亡都不能让他从中解脱。"

"说下去。"斯特斯干干地说。

副手犹豫了一下。一丛内心的火光照亮了他的眼，他定定地看着他的长官，就好像要确认长官是不是允许自己说下去。

"说下去。"斯特斯第二次说。

但是副手看着他,还是犹豫着。

"你想让我明白,就是那不被满足的乱伦感情,让死人从墓地里出来的?"斯特斯用冰冷的声音问。

"就是这样,"副手几乎叫着说,"他们的死亡之行就是他们的婚礼旅行。"

"够了!"斯特斯嘶吼,"你胡说八道!"

"我料到您不会同意我的意见,但是这不是伤害我的理由。"

"你疯了,"斯特斯叫,"完全疯了!"

"不,长官,我没疯。您是我的上级,您有权处分我,开除我,甚至逮捕我,但是您没权伤害我。我……我……"

"你……你……什么?"

"我对这件事有自己的信念,我觉得这就是一起乱伦事件,因为康斯坦丁的所作所为没办法用别的来解释。至于我听到别人说的假设,认为他坚持要把妹妹嫁得那么远,就是因为他预料到家庭要遭受的不幸打击,不愿意看到她也受到那么残酷的打击,我觉得那是荒唐的。康斯坦丁是真的有不好的预感,但那是乱伦的可能让他痛苦,他让妹妹离开,是想让她摆脱这种诱惑,而不是让她逃过其他某种性质的不幸……"

副手飞快地说着,语句之间气都不喘一下,也许是害怕看到长官阻止他表达自己的全部想法。

"但是,正如我所说,无论是遥远还是死亡都不能让他逃过这种乱伦。因此,在一个令人窒息的夜晚,他从墓中起来,去完成他一生都梦想的事情……请您让我说,请不要打断我……所以他在这个十月潮湿窒闷的夜里从土里出来,跨骑在变成马的墓地石板上,去实现自己一生的梦想……就这样发生了这阴森的结婚旅行,从一个旅店到一个旅店。就像您所说的那样,但不是和一个活着的情人,而是和一个死人……老太太在开门之前发现的就是这件残酷的事。她真的在半明半暗中看到杜伦迪娜吻了一个人,但是不是像您认为的那样,不是情人也不是骗子,而是她死去的哥哥……老太太一生害怕的事情发生了。就是她发现的这个不幸把她送进了坟墓……"

"疯了!"斯特斯说,不过这次温柔得多,好像是在向自己低低地说话。"我禁止你继续说下去!"他郑重地说。

副手半张着口,但是斯特斯一下子弹跳着站起来,身体逼近他的脸,叫道:

"不许再说一个字,你听到了吗?否则,我当场把你关进监狱,就是现在,明白了吗?"

"我说了我一直要说的,"副手艰难地喘息着说,"现在,我服从您。"

"是你病了,"斯特斯说,"是你自己病了,可怜的人!"

他眼睛盯着副手的脸,这人的脸因为失眠变得苍白,突然,他对这个人有种强烈的同情:

"让你去负责研究这个家族的档案,是我做错了。读这么久的东西,对一个不熟悉书本的人来说……"

这个人狂热的眼睛并没有离开他。

"你可以走了,现在,"斯特斯用宽容的声音说,"你去休息吧。你需要休息,你明白吗?我会忘了你刚刚放肆地说的一切,只要你自己也忘记,你知道我的意思吧?你可以走了。"

副手起身离开。斯特斯带着凝固的微笑,眼睛追着他摇摇晃晃的步子。

我一定要尽早找到这个冒险家,他想。大主教说得对:本来应该把这件事扼杀在摇篮里,避免任何可怕的后果。

他开始在房间里大步走来走去。他想在所有可能的过路点加强控制,把自己手下的所有人员都投入到那里,停止其他任何活动,把他们动员到这一件事上来。

他要用尽一切手段，直至把这个秘密澄清。我一定要找到真相，他想，而且要尽早。否则，我们全部都会失去理智。

尽管斯特斯的人鼓足干劲，尽管教会的主祭们也齐心协力日复一日地去开导那些信徒，但是相比起那些倾向于认为杜伦迪娜是被死人带回来的人来说，相信她是被她的情人带回来的人还是很少。

斯特斯亲自检查了九月末到十月十一日之间没在当地的人的名单。他脑海中不时地认为杜伦迪娜可能是被康斯坦丁的一个朋友带回来的，来实现诺言，但是他马上又觉得这个想法不可信。即使他在提交来的缺席者的完整名单上，如愿以偿地发现了死者四个最亲近的战友，这个想法也没有确定下来，没有在脑海中占上风。他自己，那时候在出差，不也正是那段日子不在吗？回来的那天夜里，他的斗篷太湿了，他妻子提醒他：斯特斯，你到底到哪儿去窝着了？怀疑是思想的第一个反应，他怀疑某些人，别的人也有权像他那样怀疑他。至于康斯坦丁的战友，他们毫无困难地证明他们四个都去了每年在阿尔巴尼亚最北的公国举行的运动会，其中两个还参加了，得了奖。

但是，母亲和女儿死后的第四十天快来了。根据习俗，必须举行仪式，而那些哭丧妇肯定又会唱起她们那让人难受的抒情诗，绝不会一声不吭。他很清楚这些小老太婆那迟钝的固执。死后第七天根据习俗也举行了仪式，她们在那时就什么都没改，尽管他已经向她们提了建议；死后接连的四个星期天也一样。"这些乌鸦还要呱呱叫几天才会闭嘴。"神父说。但是斯特斯对此一点也不相信。

有一天，他看到她们一个接一个地往那废弃的房子走，根据习俗，到那里尽情地哭悼。斯特斯站在路边，高大瘦长的身体裹在深色的斗篷里，领子上亲王所属的公务员徽章上印着狍子的一只白角；而她们，全都一身黑，脸已经沉浸在即将流下的泪水当中，无动于衷地从他面前经过。斯特斯感觉她们已经认出他来了，因为他觉得从她们的眼里发现了对自己传说的摧毁者这一地位的讽刺目光。想到他已经和这些哭丧妇进行了一场决斗，他真想在她们面前放声大笑，但是，令人惊讶的是，这个想法马上变成了颤抖。

在此期间，大主教出乎所有人的预料，继续逗留在三十字架修道院，但是斯特斯不再因此感到不快。他一心扑在追捕流浪冒险家的事上，暂时把其他所有的事撇在一边。他一直没有从旅店得到任何确切的消息。有三四次，他们确实根据某个线索逮捕了人，但是马上又放了，因为没有证据。他一直在等待附近公国和伯爵领地的消息，尤其是北方地区的消息，通往波西米亚的道路穿过北方地区。斯特斯时不时地有新的怀疑，拼凑起新的假设，但是马上又排除了。

十一月中，下了第一场雪。和十月份下的雪不同，它没有融化，而是把整个地区四周全都染白了。一个下午，斯特斯回家去的时候，几乎是无意识地，骑着马走上了通往教堂的路。他在公墓大门前落下脚，踩上洁白无瑕的雪，进了门。公墓荒无一人。从雪里冒出来的十字架显得更加黑了。里头飞来飞去的几只鸟儿也是黑黑的。斯特斯走了一会儿，一直走到他认为找到了弗拉纳也家的墓群为止。他弯下腰，辨认一个墓碑上的碑文，确认自己没有搞错。四周找不到任何足迹。圣像好像冻住了。"我为什么来这儿？"他叹息着问自己。他感觉公墓的平静侵袭了他。这种感觉伴随着一种奇怪的思想的清明。白雪的闪光迷惑了他，他移不开目光，就好像他害怕看到这种思想清明离开自己。突然，杜伦迪娜的故事似乎显得再简单不过了，变得极其清楚。在那里，有一小块白雪覆盖的地方，掩埋着一对人，他们爱得那样炽烈，彼此许诺永远不再分开。长久的分别，遥远的距离，不堪忍受的思念，无法承受的孤独（那是怎样一种孤独……），这些都严峻地考验着他们。他们想要重逢，无论是生还是死，都要结合在一起，生死相连。他们想违背那些阻止他们从死复生的束缚活人的法律，所以竭尽全力去打破死亡的法则，去达到那不可达到的目的，重新结合在一起；有一阵子，他们以为自己做到了，就像在梦里发生的一样，遇到了一个死去的曾经的爱人，可是他们马上就会意识到，这只是一个幻觉（我没能吻他，有什么东西阻止我吻他）。之后，在黑暗中，他们重新分开，活人往家走，死人重新进到他的墓中（你去，我有事去教堂），尽管事情丝毫不是这样发生的，更别说斯特斯从来不相信死人会从墓中出来，但是尽管如此，从某种意义上来说，这就是所发生的事情。那个骑士哥哥出现在路角对妹妹说："你跟我来。"说真的，如果在她的脑海中或是其他人脑海中事情是这样发生的话，什么就都不重要了。说到底，这个故事在任何人身上、任何国家、任何时代多多少少都发生过。真的，人人做过这样的梦：梦想看见有人从遥远的地方，从天外的国土，来陪伴自己，和自己同骑一匹马前进。在这个世上，没有人不对逝去的人怀着遗憾，没有人没想过：啊，要是他能再回来一次，只要一次就好了，要是我吻了他就好了（即使那时候有什么阻止我吻他）——是的，即使这样的事从来不会发生，在以后无数个世纪也永远不会发生，这仍然是这红尘俗世最大的忧伤,这忧伤会继续像轻雾一样笼罩在人身上,直至消亡。

"就是这样的。"斯特斯重复。其他的一切,假设、研究、推理,都只是低级的谎言,没有意义。他更愿意在这思想可以自由伸展的高度稍微呆一会儿,但是他觉得那平庸的世界不停地把他往下拉,拉得越来越快,让他从飞翔中尽早坠落下来。他连忙赶在坠落结束之前离开这个地方。他就像一个梦游者,慌慌张张地靠近马,跳上马鞍,冷冰冰地跑开。

第五章

这是一个潮湿的下午,淹没在一场细雨当中,这样的细雨这几天很规律地在下,人们觉得在这样的下午什么都不会发生。斯特斯这时正和衣在椅子里打盹(这样的天气,还能做什么呢),觉得妻子的手轻轻地触到他的肩头。

"斯特斯,有人找你!"

他突然惊醒过来。

"怎么了?我睡着了?"

"有人找你,"妻子重复,"是你的副手,另一个人陪着。"

"啊,是吗?对他们说我就下来。"

副手和一个陌生人,两个人头发都被雨淋湿了,站在门厅下等着。

"上尉,"副手一看到长官露面就说,"抓到那个带杜伦迪娜回来的人了。"

斯特斯一时间惊呆了。

"这怎么可能?"

副手惊讶地打量着长官脸上露出的惊讶,他没有显出丝毫的满意,就好像这几个星期以来他不是为了这个目的而积极努力似的。

"是的,终于抓住他了。"他又说了一次,仍然怀疑长官是不是真的明白这是怎么回事。

斯特斯继续用审问的眼光盯着他们。事实上,他很明白他们的话。他不能了解的是,这个消息是不是寻他开心。

"但是怎样抓住的?"他问,"怎么这么突然?"

"突然?"副手问。

"我的意思是这不像真的……"

我在瞎扯些什么?他想。这时候,他确实意识到了自己的混乱不安。

显然,他希望挖出那个假想的情人,但是还有另一个更强烈的愿望和这个愿望交织在一起,那就是绝不要把这个人抓到手上,这样的话,那个偶尔在自己心底最深处生出的怀疑就会被证实了。"见鬼。"他事后嘟囔着,就像那斜着眼睛看天的人一样,准备低声抱怨"真糟糕的天气",然后他问:

"怎么抓住他的?在哪?"

"他正被押送过来,"副手回答,"在夜幕降临之前会到这儿。这是送消息来的信使,还带了一封报告。"

那个陌生人把手塞进皮制服上衣的里层,抽出一个信封。

"他是在临近的伯爵封地被抓住的,在一个名叫罗伯特两兄弟的旅店里。"副手说。

"啊?"

"这是报……报……告。"陌生人结结巴巴地说。

斯特斯用一个突然的动作,从他手中把信封抢过来。慢慢地,那种看到谜被解开而弥漫起的忧伤和遗憾被第一波冷淡危险的喜悦之情给淹没。他打开信封,把信封里的报告转到白天光线落下的方向,开始读着那一行行的文字。起草报告的字体让人想起人在愤怒中扔出来的一大堆大头针:

  我们向您报告逮捕了涉嫌欺骗并带杜伦迪娜·弗拉纳也回家的阴谋家。此报告中包含的讯息是从送给我们的消息中抽出,同时,涉案的阴谋家是由临近伯爵领地的机关在我们的要求下在其地界逮捕的。

  此流浪汉于十一月十四日在位于主干道的罗伯特两兄弟旅店被逮捕。他是前一天由两个不认识他的农夫送到旅店的。此人当时被发现横躺在路中央,发着高烧。其外表可疑,尤其言谈狂妄,当即引起了旅店主人和其他客人的怀疑。他的只言片语约莫可以归结为:"我们没理由要这么匆忙。我们要对你母亲说什么?你抓紧我,我不能跑得再快了,天太黑,什么都看不到,你明白吗?要是有人问谁带你回来,你就这么说。什么都别怕,你的哥哥全都不在世上了。"

旅店主人通知了当地机关,当地机关在听取了他和客人的证词后,决定逮捕这个流浪汉,并根据我们的要求,立即将他押送给我们。我服从首府发来的指令,马上将其送到您这里,但是我认为,假使您想马上审问囚犯、了解整个事件,派一个机灵的信使告诉您这些消息是非常有益的。

致敬

吉孔第上尉,边境地区

斯特斯把眼光从手上的信纸上抬起,又打量了一会儿副手,打量了一会儿信使。所以,事情正是像他想象的那样发生了:她和一个情人走了。他刚刚的心不在焉马上被他很少感受到的狂怒所替代,这发作起来的脾气动摇了他的呼吸、他的思想清明,也许还有他的口头表达。这狂怒就像荨麻一样,没有放过任何人。现在,他们会知道他斯特斯是谁！他们会看到滥用他的耐心会发生什么！他要给他们瞧瞧，给那些卑男贱女瞧瞧，他不会像以前那样缩手缩脚。他要狠狠地连根拔除那些卑鄙淫贱的东西，他要那些无赖和寄生虫一百年以内都不会再有兴趣来烦人，那些长久泡在胆水里的恶毒的哭丧老太婆也一样：不要再哄骗他了！他这个什么都不怕的人，以前在这些蠢货面前都退缩过……所有的谎言，主啊，所有可恶的东西……

斯特斯被自己的愤怒弄得有点失态了，意识到自己已经有点过度了，马上用安静来掩饰自己。

"他们大概什么时候到？"他最终问信使。

"最多两三个小时之后。"

只是在那时，他才注意到，信使靴子上的泥巴都溅到了膝盖上。他深深地吸了口气。三天前在雪中公墓里的想法这时显得极其遥远。

"你们等我一下，我去穿个斗篷。"他说。

他回来，披上宽袖长外套，对妻子说：

"那个带杜伦迪娜回来的人被抓住了。"

"真的？"她说，没能看清他的脸，因为斗篷的一角像只大黑鸟，插在他们两人之间，让他们的目光不能交汇。

一路上，斯特斯一言不发。但是尽管如此，他的同路人斜看着他的步子，尤其是他的靴子在水洼里的动作，明白斯特斯仍然和刚刚一样激怒，而且他的愤怒可以从腿上找到表现的方法，甚至比语言表达得更好。

那辆押送囚犯的车，让他们等了两个多小时，地板上的木条在斯特斯的靴子下唉声叹气地喀喀响。斯特斯习惯性地在办公桌和窗户之间来来去去。副手不敢打断这种安静，而信使瘫倒在一张木椅上打呼噜，他的湿衣服发出一股霉味。

斯特斯不时情不自禁地停在窗前，凝视着原野，期待从那里看到那辆车出现。他觉得自己的思绪一点一点地麻木起来。这是和上午一样单调的雨，在这千篇一律的雨滴下，不管谁来，不管是从什么方向来，都显得那么不可思议。

他用手指轻轻拂过那份报告厚厚的纸张，好像是要说服自己，他一直等的那个人真的要来了。"我们不能更快了，天太黑，你明白吗，"他重复着那个狂人的话，"什么都别怕，你的哥哥们全都不在世上了……"

就是他，斯特斯想。他不再怀疑，就是他。正是他想象过的那个人。雪中公墓的那一刻又出现在他脑海中，那时他还以为所有这一切只是谎言。"哦，不是，不是这样。"他现在对自己说，眼睛锁在那冰冷广阔的原野上。现在,原野在灰蒙蒙的雨中无穷无尽地展开,雪已经融化了,或者已经不留痕迹地退却到远方,就像是要帮助上尉忘记那高贵的一天在他头脑中流淌的一切。

黄昏变得更加浓重。路两边,可以看到少数看热闹的人,他们肯定在等着车来。显然,抓住那个人的风声已经传开了。

在角落里打盹的信使像是发出了一声呻吟,副手的目光好像失去了光彩。自从那天以来,他没有再在斯特斯面前暗示那乱伦的故事。现在,他肯定觉得很尴尬。

信使又发出一声嘟囔,半睁开眼睛。那简直就像疯子的眼睛。

"怎么了?"他说,"他们到了?"

没人回答他。斯特斯也许是第一百次走到窗前。原野变得那么昏暗,很难分辨出什么。确实,一会儿之后,预告车子驶近的,首先是远处传来的喧嚣声,然后是轰隆的轮胎声。

"老天!他们终于到了!"副手说,摇动着信使的肩膀。

斯特斯马上下楼。副手和信使跟着他。当他们出现在门口,车正在靠近。几个人在黑暗中追着车。还听到其他人从远处跑来。终于,车停了,从那上面下来一个穿着亲王公务员制服的人。

"斯特斯上尉在哪?"他问。

"是我。"斯特斯说。

"我想您已经知道……"

"是的,"斯特斯打断他,"我全部都知道了。"

穿制服的男人看起来正要补充些什么,但又转了身,朝车子走去,把头从窗户伸进去,对车里的人说了几句话。

"给点灯光。"有人说。

车的金属门分开,显出一堆林立晃动的腿,不知道腿的主人在里面是拥抱接吻还是在打架。

斯特斯有经验,可以从犯人或者护送队员的腿的动作猜出身体上部是什么样子,因此明白囚犯已经用最严酷的方式锁了起来:手绑在背后。

"是他,是他!"慢慢聚集起来的人在窃窃私语。

手提灯晃动的光只能让人分辨出被捆起来的人一半的脸,脸上奇怪地沾满了泥。押送人把他转交给斯特斯的两个手下,他们接过被捕者,和第一批人一样抓住他的胳膊。那个被捆的人没有表现出任何反抗。

"关起来,"斯特斯用干干的声音说,"你们呢,你们打算做什么?"他又问那个穿着制服的男人,他看起来像是这个小分队的头。

"我们马上就走。"那人说。

斯特斯就地等着车子发动,然后转身朝大楼走去。在最后一刻,他在门槛上停了下来。半明半暗中,可以感到有人;远远地,可以听到跑近来的人的脚步声。

"你们还在等什么呢,善良的人们?"斯特斯用平静的声音说,"还是去睡觉吧。守夜,是我们的责任,你们,你们为什么还要呆在这呢?"

昏暗中没有任何回答。车尾灯好像被这些痛苦的人蜡黄的脸给吓着了,闪烁了一会儿就把他们又抛弃在黑暗中。

"晚安!"斯特斯边说边往回走,跟着手上拿手提灯的副手走上通往囚室的楼梯。霉味掐住了他的喉咙。他突然觉得不安。

副手推开囚室的铁门,侧身让自己的长官通过。囚犯倒在一堆稻草上,感觉到有人,他抬起了头。斯特斯就着手提灯的光分辨着他的五官。尽管因为泥水和遭受过殴打,他的脸变形了,但还是显得很英俊。斯特斯的目光无意识地落到那人的嘴唇上,那是人类的嘴唇,尽管因为发烧,嘴角开裂,可是仍然和这锁链、看守和秩序奇特地格格不入,它比其他任何细节都更提醒斯特斯,他面前的这个人曾经和杜伦迪娜做过爱。

"你是谁?"斯特斯用冰冷的声音问。

犯人的眼睛从下面观察他。他的目光就和他的嘴唇一样，和这个地方格格不入。诱惑人的眼睛，斯特斯想。

"我是一个游客，军官先生，"那个人回答，"一个卖圣像的流浪商人。我被捕了。我不知道为什么被捕，我病得厉害。我要告状……"

他说一口艰涩的阿尔巴尼亚语，不过很准。看起来，要是他真的是卖圣像的，他是出于工作需要学了这门语言。

"人家为什么抓你？"

"因为一个我不认识和我从来没见过的女人，一个叫杜伦迪娜的。人家说我带她坐在马后走了很长一段路，还说了我其他的一些荒唐事。"

"你真的和一个女人出行过？或者更准确地说，你从很远的地方带了一个女人过来？"斯特斯问。

"不，长官先生。我没有和任何女人旅行过，至少好几年以来没有。"

"就在一个月前。"斯特斯说。

"不，绝对没有！"

"好好想想。"

"我用不着想，"那个被绑起来的人用响亮的声音说，"我很遗憾地看到您，长官先生，您也加入了这种普遍的疯狂。我是一个正直的人。他们在我睡在路边受苦的时候抓住了我。这太不人道了！我没有受到帮助和关心，反而醒过来发现自己被绑了，像狗一样受苦。这实在太荒谬了！"

"我没有疯，"斯特斯说，"我想你会有机会说服自己这一点的。"

"但是您的所作所为就是疯狂的，"那个被绑的人用同样雷鸣般的声音说，"您至少也要用合理一点的东西来指控我吧，说我偷东西或者杀了人。但是您来对我说：你骑马带一个女人旅行！这也是罪吗？我最好马上去认识这个女人，这样你们大家都满意了：是的，我骑马带一个女人旅行了。然后呢？这有什么罪恶吗？但是我是一个正直的人，要是我说没有，那是因为我没有撒谎的习惯。我要到处去告状，到我能去的所有地方告状。一直告到你们的亲王那里。要是有必要，还要告得更高，告到君士坦丁堡去！"

斯特斯定定地打量着他。那个人承受着他的眼光。

"好吧，就算这样，我再向你提那个你看起来很荒谬的问题，"斯特斯说，"这是最后一次。在回答之前好好想想。你是不是从波西米亚或者其他哪个边远地区带了一个叫杜伦迪娜·弗拉纳也的年轻女人到这儿？"

"没有。"囚犯坚定地说。

"倒霉的人,"斯特斯说着,不再看他。"给他用刑!"他命令。

那个男人的眼睛害怕地瞪大了。他张开口想要说话或者喊叫,但斯特斯暴躁地走出单人牢房。一个看守在前面给他照明,他上楼梯的时候加快了步子,不想听到囚犯的喊叫。

过了一会儿,他独自一人往家走,雨已经停了,但是路上布着水洼。他心不在焉,靴子趟过水洼。什么都看不到。天太黑,你明白吗,他在心里呢喃,重复着那个流浪商人的话。

他觉得听到了远处传来的声音,不过是狗叫,越来越远,就好像水面上的涟漪,在无边的黑夜里渐渐地变弱。

肯定有雾,他想,否则夜不会黑得这么深沉。

他还是觉得听到了那个声音,甚至还有低低的脚步声。他打了个哆嗦,转过头。他看出远处有个手提灯的灯光在晃动,微弱的光线照出一个变形了的人影。他站住了。他第一次听到声音的时候,灯光和水洼里啪啪的响声还很远。他把手放在耳边做成传声筒,想听清那声音。是"啊"和"喂",其他更确切的就什么都听不到了。当那个拿着手提灯的人终于走近时,斯特斯朝他喊:

"怎么啦?"

"他招了,"那个人远远地说,用气喘吁吁的声音说,"他招了!"

"他招了。"斯特斯向自己重复。说的就这么几个字,他刚刚觉得就是一连串的"啊"和"喂"①。他招了!

斯特斯还是一动不动地,等着那个信使和他会合。他艰难地呼吸着。

"他招了,谢天谢地,"那个人挥舞着手提灯说,好像要让他的话更容易懂似的,"犯人一看到用刑的工具马上就崩溃了。"

斯特斯看着他,好像麻木了。

"您回去吗?我会给您照路。您要审问他吗?"

斯特斯没有回答。确实,规则规定要这么做的。一旦犯人招供就必须马上审问,犯人那时处于筋疲力尽的状态,不能给他恢复的时间。现在又是深夜,正是最合适的时候。

拿手提灯的人在离他两步远的地方等着,还是气喘吁吁。

"我不应该让他改口。"斯特斯说。当然,他不应

---

① 法语"招了"(avouer)里有元音 a(啊)和 u(喂)。

该给犯人缓口气的工夫，不应该让他恢复。这是对的，他想，对这个犯人来说完全是对的，但是对我，我，做什么才是更对的呢？难道我，我自己就不需要恢复体力吗？

突然，他意识到，审问这个犯人，他也许比这个犯人更难受。

"不，"他说，"我今晚不审问他。我需要休息。"说着他转身背对着拿手提灯的人。

第二天早上，斯特斯由副手陪同，下到那个单人囚室，他在犯人的脸上发现一丝认罪的微笑。

"是的，说真的，我最好一开始就招供，"他没等斯特斯提出问题就开口说，"说到底，那也是我一直就想做的。因为，归根结底，我没犯任何罪，如今没人会因为陪着一个女人四处旅行或者流浪而被定罪。要是我一开始就说了真相，我也就可以逃过这些苦刑了，而不是像现在这样关在牢房的高墙里，我本可以呆在家里，我的亲人等着我。我是无可奈何，纯粹是偶然，被卷到这个谎言的漩涡里不能自拔。因为，就像有些人一样，在说了一个无伤大雅的小谎之后，就越来越泥足深陷，无法反悔。我以为虚构一些不存在的东西就可以避开这倒霉的故事，可这些虚构的东西没有把我从我的第一个谎言中解脱,反而把我拖得更深。但是就是因为这个年轻女人的旅行而有的流言,我才陷入了这个困境。所以我要向您再说一遍,我之所以没有一开始就招供,是因为这个事产生的流言太大了,在所有人心里引起的震动太深了,我突然就像一个移动了个东西的孩子,那个移动在大人眼里恰恰变成了一桩可恶的举动。就在那天早上(我等会儿给您详细叙述这个事件),我发现这个女人的回来,成了一桩令所有人都很……我怎么说呢……很震惊的事,更何况所有人都只是疯狂地问:'她和谁回来的?''谁带她回来的?'本能促使我躲开了,悄悄溜走了,不想在这件事中留下踪迹,说到底,我在这件事里的角色完全是很偶然的。这也是我想要做的。最后,我要从头给您讲讲整个故事。我想您希望详细地了解一切,是不是,长官先生?"

斯特斯在那张原木的桌子旁边呆着,像凝固了一样。

"我听你说,"他说,"把你认为应该要说的一切讲出来。"

犯人看起来有点担心他无动于衷的神情。

"我不知道,这是我第一次受审问。但是,根据我听说的,在这种情况下,是审讯官先问问题,受讯者再回答,不是吗?那么您……"

"自己把自己要说的说出来，"斯特斯说，"我听你说。"

犯人在稻草堆上动了动。

"捆你的锁链让你不舒服吗？"斯特斯问，"要我叫人把锁链去掉吗？"

"是的，如果可以的话。"

斯特斯对副手做了个解除束缚的姿势。

"谢谢。"犯人说。

手一松开，他给人的感觉更加失去自信了。他又一次用眼睛看着斯特斯，还是希望斯特斯给他提个问题，但是意识到自己的期待落空，他开始用低低的声音说话，没有了刚刚的生气。

"我昨天对您说过，我是个卖圣像的流浪商人，就是这个工作给了我机会去认识这个年轻女人。我来自马耳他，但是我一年中大部分时间都是在巴尔干半岛和一部分欧洲的路上度过的。要是我向您吐露的细节是多余的，请您打断我，因为，我已经向您指出过，这是我第一次接受审讯，我不太了解规则。所以我是做圣像买卖的，您想象得出女人们对这些东西的热爱。就这样，有一天，在波西米亚，我认识了这个女人，杜伦迪娜。她对我说，她是外乡人，生于阿尔巴尼亚，是嫁到那儿去的，当我告诉她我曾经在她的祖国呆过些时日的时候，她就不能克制自己的情绪。她告诉我，我是她碰到的第一个从这边去的人。她问我是不是知道这边发生的事，这边是不是发生了什么灾难，因为她的亲人没有一个去看她。我听说有一场战争或者一次鼠疫流行，'总之，有一场灾难肆虐您的国家，'我告诉她之后，为了让她放心，又说，'那已经是很久以前发生的事了，差不多三年前了。'她那时发出一声叫喊，说：'就是从那时候起我就再也没有那边的消息了。我多么可怜啊，肯定发生了什么不幸！'她惊慌不已，抽抽噎噎地告诉我，三年前她嫁给那个国家的一个男人，她母亲和她哥哥都不同意这门遥远的婚姻。但是她一个叫康斯坦丁的哥哥支持，他向母亲许下诺言，就像阿尔巴尼亚称的承诺——我是从她口里第一次听到这个词——他允诺，只要她母亲想女儿了，他就会从那个遥远的国家把她女儿带回去。可是几星期，几个月，几年过去了，她的亲人一个也没来看她，甚至康斯坦丁也没有来；她的思乡之情难以忍受，她觉得在那些外乡人之间非常孤独，这种思念和孤独在她心中增加了焦虑，觉得自己家那边发生了什么不幸。当我告诉她说这边发生过战争或者鼠疫的时候，她确信肯定发生了不幸，她的预感有了充足的证据。她那时告诉我说，她想自己去看亲人，但是她又不能反对自己的丈夫，她丈夫虽然承诺，说她哥哥们忘了她，他就亲自带她回去，可是他太忙于自己的事情，不可能做这么长的旅行。

"听着她说话，看到她流泪的样子更加美丽，我突然对她起了一种强烈的欲望。猛然间，没有过多思考，我对她说，要是她同意，我可以带她回到她亲人那里去。我因为职业的原因很习惯长途旅行，我告诉她，假如带她到附近的小镇也很简单，但她觉得这个想法很荒谬。这个想法一开始在她看来是一种疯狂，这很正常。但是，奇怪的是，她开始拒绝得那么激烈，反而让我有了希望，因为我觉得，她想要说服我、反对我的程度并没有像说服自己反对这个疯狂的念头那样强烈。她越说：'您疯了，我听您说话更是疯了。'我觉得自己的欲望就越盛，同时觉得看到她让步的希望越来越大。因此，第二天，过了一个不眠之夜之后，她脸色苍白，用微弱的声音对我说，如果她答应和我来，她不知道怎么才能向自己的丈夫辩解，那时我明白我已经赢了这一局。我深信，关键就是和她单身上路，穿过欧洲的道路。剩下的，听天由命！其他的一切我都觉得不重要。我暗示她，我们可以不通知她丈夫，因为，说到底，是他逼得她这么做的。她自己不是吐露过，他答应送她去她母亲那儿但是又被自己的事情耽搁了吗？所以她只要什么都不说地离开就行了。'但是，怎样，怎样呢？'

她焦躁不安地问，'我之后怎么向他说明理由呢？和一个陌生人单独在一起？'她脸红了。'好吧，但是你不要和他说你是和一个陌生人旅行的。''千万不要这样！那怎么办？'她问。于是我对她说：'我想过了，就给他留个条，说是你哥哥匆匆忙忙来带你走的，因为你家发生了不幸。''什么不幸？'她打断我，'你，你这个外乡人，你知道是什么不幸，但是你却不愿说。啊，我的哥哥不在了，不然他肯定会来看我的！'

"两天又过去了。她还在犹豫。我担心被发现，就试图暗中和她会面。我的欲望变得不可遏制。最终，她接受了。那是下午将尽的时候，天很暗，她匆忙来到十字路口，我对她说最后一次在那里等她，我让她骑上马后，两个人一句话也没交谈过就走了。我们骑马走了很久，直到觉得已经离得够远，人们已经找不到我们的踪迹才停下。我们在一个偏僻的旅店过了一夜，第二天黎明前我们又重新上路。她一直处在焦虑状态中，告诉你这一点似乎是多余的。我尽可能地安慰她，继续往前走。第二个夜晚又这样过去了，在另一个更加偏僻的旅店里，在我甚至连名字都不知道的地区，我就不和您谈我企图获得她垂青的细节了。她的骄傲，特别是她无休止的焦虑约束了她。但是我用尽了一切手段，从激烈的哀求到威胁要抛弃她，把她一个人留在那个高原上。就这样在第四个晚上,她终于让步了。我感到无比地陶醉,以至于第二天早上完全昏了头,不清楚我们是在哪儿,要去哪儿……要是我给您说了无用的细节,请您截断我的话……我们就这样过了好几个奇特的白天和黑夜。我们宿在路上碰到的旅店,之后重新赶路。为了支付我们的开销,她卖了几个她的首饰。我想把这个路途尽可能地拉长,但是她很不耐烦,越靠近阿尔巴尼亚的边界,她越焦虑。'那边到底发生了什么事情?'她时不时地问,'那场战争,那次鼠疫,是什么?'我们好几次试图在旅店里打听消息,但是只得到支支吾吾的回答。确实听说过阿尔巴尼亚地区有过一次大的冲突,但是关于发生的时间大家的说法都有分歧。有的人说没有战争,只有鼠疫,有的人坚持说这个灾难没有波及阿尔巴尼亚,而是更远的地方。不过,我们越靠近阿尔巴尼亚的地界,回答也越详尽。她不知道的是,我在她在旅店房间里休息的时候,一直试着打听消息。之后,所有人都知道,战争和鼠疫结合在一起,造成了阿尔巴尼亚人的大量死亡。一进入这个国家的北方地区,我们就想避开所有的大路和主要的旅店,并且在夜里才赶路。我们那时到了她家附近的公国,她想尽可能不引起注意。于是我们经常离开大路,穿越荒地。我们在任何可以做爱的地方做爱。因为天气不好,才不得不找个旅店栖身，就在这为数不多的住店中，有一次，我知道了关于她家的悲惨真相。人们到处都在谈论这个出名的家族所遭受的巨大悲哀，她所有的哥哥都死了，其中就有康斯坦丁。旅店老板什么都知道。我开始害怕她知道了。因为已经靠近她家了，我们开动脑筋想给她的到来找到一个令人满意的解释。她因为觉得自己的哥哥还活着，害怕得过分，而我呢则知道了真相，所以事情在我看来就显得比较简单。不管怎么说，比起回应九个兄弟，回答一个被不幸压垮的老太太要简单多了。

"想到要向自己哥哥和母亲说明自己来的理由，她越来越不安。别人问她：'谁带你回来的？'她要回答什么呢？要说真话吗？还是撒谎？撒谎又要说什么呢？

"那时，我不得不对她吐露了部分真相，也就是那个巨大不幸的一部分。我让她明白，她哥哥康斯坦丁，那个答应带她回来的哥哥，和其他几个哥哥死了。

"您可以想到，她那时悲伤得要疯了。但是，无论是旅途的劳累，还是悲痛，都没有减轻她要提供自己突然到来的理由这件事所导致的忧虑。是我出了个主意，用某种超自然的方法来说明她的旅行。我绞尽脑汁想了很久，没有找到比这更好的解释。'没有其他办法，你就重复那个对你丈夫用过的谎言。''我可以对我丈夫撒谎，'她回答我说，'是因为他相信我哥哥还活着；

但是这儿大家都知道他死了,我怎么能说同样的话呢?'
'这更简单了,'我回答她说,'就是因为他不在世了。你说是你哥哥带你回来的,人们只要想怎么看待就怎么看待。我的意思是说,人们只要想象是他的幽灵把你带回来的就行了。说到底,他不是答应无论生死都要带你回来吗?所有人都知道他承诺的话,会相信你的。'

"知道只有她母亲还在这个世上,我觉得事情很简单,但是她以为自己的哥哥至少还有一半活着,认为别人相信自己的希望不大。不过,不管愿意不愿意,她不得不听从我的理由。没有别的出路了……我们再也没时间想出另外一个更合理的解释,再说我们的脑子那时已经不再清醒。

"最后一个晚上就这样来了,十月十一日的晚上,要是我没记错的话,我们像幽灵一样在黑暗中悄悄溜过,靠近她的家。我无法向您说出她的不安,那是无法言喻的。过了午夜了,我们已经做了决定,我走开,藏在半明半暗处,她朝门走去。但是她都不能走路了,我那时不得不抓着她的胳膊送她到门口。她用一只颤抖的手去敲门,或者更确切地说,她只是把手放到了门环上,因为,事实上是我抓着她的手在动,那时她的手冰得像只僵尸的手。我想马上离开,但是她太害怕了,不想放开我。为了让她安心,我用另一只手最后一次抚摸了一下她的头发。就在这时,谢天谢地,她不但松了手,而且把我推开,就好像被恐惧附了身。我听到从屋里传来老太太的声音:'是谁?'然后她回答:'母亲,开门,是我,杜伦迪娜。'然后重新是老太太的声音:'你说什么?'我走远了,听不清其他的话,那声音越来越低,夹杂着叫声。

"我返回到主干道上把马留下的地方,跨上马,流浪了一会儿,想找个隐蔽地方过夜。我们说好第三天秘密会面,但是,从那一刻开始,我知道我再也见不到她了。第二天和接下来的日子,我意识到了她回来所造成的巨大震动,确信自己不仅再也见不到她,而且我必须尽早从附近消失。在此期间,我知道了您发布的指令,我以为自己会因为亵渎而有罪,尽管丝毫不是故意的,但是却可能要我付出昂贵代价。我想尽快溜走,但是怎么溜走呢?所有的旅馆,所有的驿站,都收到了一发现我就抓我的命令。我开始想到了自首,想到了招供:是的,就是我把这个女人带回来的,要是我做了坏事,原谅我,但是我做的时候没有意识到。后来,我改变了想法。为什么要冒这个险呢?只要稍微灵活一点,我就会挫败所有的陷阱,及时脱身。但是我还是预感到我和那个年轻女人度过的蜜月会变成我致命的毒药,我只能很小心地行动,远离大路和旅店,只在夜里行动,就像人们说的矮树林里的狼一样……要是我还沉湎在无用的细节当中，请千万原谅我……我想，要是我越过了这个公国的边界，就脱离危险了，我不知道附近的公国和伯爵领地也被通知了。我就是在那里被抓住的。我在穿过一条河的时候着凉了，那是一条名字不吉利的河，我想它的名字是该死的乌鸦，之后我就记不清发生了什么了。我烧得厉害，什么都记不得了，只是记得我清醒过来的时候，在一个旅店里，手脚被绑着。好了，就这些，上尉先生。我不知道我有没有给您说清楚，但是您可以问我任何一个细节，我会详细地回答您。我很遗憾没有一开始就采取我本该采取的行为，但是我希望您明白我的状况。我会坦白地回答您所有的问题，尽我所能来赎罪。"

他终于不说话了，眼睛在斯特斯的目光下一眨不眨。他的嘴巴很干，但是不敢要水喝。斯特斯久久地盯着他。然后，斯特斯开始动嘴说话，他的脸，刹那间，掠过一丝微笑。

"这就是真相？"斯特斯问。

"是的，上尉先生。全部的真相。"

"全部？"

"是的，全部的真相，上尉先生。"

斯特斯站起身，慢慢地，脖子像木头一样笔直，转过头，朝向副手和另两个看守。

"给他用刑。"他命令。

犯人的眼睛，那三个人的脸，都因为惊讶而凝住了。

"用刑？"副手问，他似乎担心自己听错了。

"是的，"斯特斯用冰冷的声音说，"用刑。不要用这样的眼睛看着我。我知道我在做什么。"

他用一个突然的动作，转过鞋跟，出去了。这时，在他背后，犯人开始嘶吼：

"不，上尉先生，不！上帝啊，我在干什么？为什么？为什么？……"

斯特斯迅速地爬上楼梯，但是他还是听到他们捆绑犯人的链条的撞击声，还有喊声，尽管传到他这儿的时候已经闷得很低了，但是却更让人心碎。

斯特斯一直上到办公室，拿起一支笔，开始起草给亲王公府的报告：

> 关于抓获带杜伦迪娜·弗拉纳也回来的男子的报告。
>
> 昨晚，边境戍卫的吉孔第上尉给我送来了涉嫌带杜伦迪娜回来的男子。在第一轮审讯当中，他什么都没有招供，否认认识叫此名的女人，更不必说

和她旅行……然后，在酷刑的威胁下，他全部招供了，最终解开了这件事的谜。事情大概是这样的：今年九月末，这个男子在卖圣像的长途旅行当中，偶然在波西米亚认识了杜伦迪娜·弗拉纳也，听她表达了没有家人消息的绝望，答应带她回到她父母家。他说服她欺骗她丈夫，给丈夫留个条说她和她哥哥康斯坦丁走了。就这样，两人离开了波西米亚。在路上，这个男子成功引诱了她。在这段难以忍受的旅程结束之时，他告诉她，哥哥康斯坦丁已经死了很久了，因为找不到其他谎言来说明她刚刚和一个陌生人走了这么长的路，他说服她告诉她母亲是被死去的哥哥的幽灵带回来的，她哥哥就这样实现了他生前许下的诺言。之后，因为害怕，他想不被人注意地逃走，最终在您很清楚的情况下在临近的伯爵领地，在一个名为罗伯特两兄弟的旅店里被捕。根据我的命令，此人现在被完全隔离。我等待您的命令来对他采取措施。

斯特斯上尉

对自己已经开始在地下室下面对犯人处以的酷刑，斯特斯一个字都没说。他小心地封上信封，盖上封印，让一个信使马上带着信到公国的首府。另外一封大同小异的信寄到在三十字架修道院的大主教那里,还附上了一个单,嘱咐说如果大主教不在那里,就把信转到首府交给他。

第六章

又开始下雪了,不过这一次的雪和前一次不同,更接近人。该白的地方白了,注定是黑的地方还是黑的。第一批钟乳石一样的雪挂在屋檐下,一部分源源而来的雨雪照常结了冰,冰层刚好够结实,可以承受鸟雀的重量。很快,就显出是一个冬天了,大地会适应的冬天。

在挑着重担的沉沉屋檐下,大家都在讨论杜伦迪娜。现在所有人都知道那个带杜伦迪娜回来的男人被抓住了,还听到了他说过的只言片语,不过只言片语就足够遍及所有人,就像一把麦子就可以播种一块田野一样。

这几天,从首府传到整个外省的信件很多,从外省急送到首府的也很多。据说,在准备一个很大的集会,来一劳永逸地澄清迷雾和她哥哥所谓的复活引起的骚动。大家都知道斯特斯正在准备在会上要做的详细报告。他已经让人秘密看守犯人,把他关在一个大家都不知道的地方,避开了一切冒失的耳目。

那个犯人供词的片段成功地泄露出来，此刻越传越远，这些话在冰雪里散发着雾气口耳相传，要么就是坐着车从一条路到另一条路，从一个旅店到另一个旅店被到处贩售。因为寒冷，人们走动得少了，可是奇怪的是，流言跑得和天气温和的时候一样快。也许，因为这个时候的流言被冬天的寒冷凝固了，结晶了，闪闪发光，比起夏天的流言，它跑得更稳当，用不着像夏天一样经历湿气、昏昏然的思想和失常的神经。不过，这并不能阻止它在传播时一天天地变化、扩张，变明或变暗。而且，好像这一切都还不够似的，有的人还说："等着吧，你们还会看到发生更奇怪的事！"另外一些人，一边走远，一边叹气："主啊，我们还有什么听不到啊！"

所有的人都在期待着那个大集会，在会上就会仔细审查这件事了。有人说阿尔巴尼亚所有的公国数不清的贵族都会来。根据某些传言，亲王也亲自出席。还有的风声说，来自拜占庭的教会的高层要人也会参加会议，其他一些更罕见的传言甚至宣布主教本人也会来。

确实，和人们一开始所能想到的相反，这件事的回声传得很远很远。消息直至传到了东正教教廷所在地君士坦丁堡，而且人们不知道的是，这种事是不能饶恕的。听说，那些高层教士很担心，皇帝本人似乎也知道了这件事,他都因此睡得不安稳。事情比它一开始看起来要显得麻烦得多。这不是一起单纯的幽灵显身,也不是教会总是用火刑架来处罚的诽谤。不,这关系到更严重的东西,会从根本上动摇东正教的东西,老天保佑不要这样!这涉及到的是一个新的基督来了——天哪,请你小声点说!——是的,一个新基督,因为至今为止,只有一个生命能从坟墓里起来,就是耶稣基督,所以要是支持这个新的复活,就会犯无可饶恕的亵渎罪:相信一个新的复活,就是从此认为会有两个基督。因为假如认为这个基督成功地做了耶稣在时所做的事,也就此承认了这另一个基督——老天原谅——会是耶稣的对手,这只有一步而已。

敌对的罗马伸长了耳朵紧追这件事的进展,它并没有白干。天主教的僧侣们肯定争先恐后地吹风,传播这个康斯坦丁复活的流言,想给东正教致命一击,指控它是双基督教,也就是可怕的异端邪说。事情越来越严重,以至于人们谈到了一场世界性的宗教战争。有些人甚至在窃窃地说,那个带杜伦迪娜回来的骗子只不过是罗马教廷派来执行这个任务的警察。还有的人扯得更远:据他们所说,杜伦迪娜自己落入了天主教的陷阱,答应为他们服务。哦,主啊,我们还有什么听不到啊,这些人重复着。事情就是这样越来越糊涂的。不过拜占庭的东正教廷不会姑息、主教也不会姑息皇帝违反了这个命令，最终会控制整件事，马上把一切搞清楚。它的敌人肯定会被打垮。

这是有些人的说法。另外一些人在久久地摇头，并不是他们不赞成前面那些人，而是因为，他们怀疑这个康斯坦丁从坟墓里出来的谣言，不大可能是归咎于世界上两个主要宗教之间的阴谋和敌对，而更有可能是某种神秘的动乱。这种动乱是周期性的，就像一种不吉利的神经冲动折磨人的思想，让人的思想失去判断，让人头昏、晕眩、盲目，把人推到生死之外。因为，据他们所说，生和死，像同心圆一样一层层无穷无尽地包裹着人。所以，就像生之内有死一样，包含着死的生又在死里，或者包含在死里的生本身也包含着死，就这样，无穷无尽……够了，之前的那些人说，你们就别用这些雕琢得不着边际的推论来把我们搞糊涂了，你们就不能给我们解释得更清楚点吗？于是这些人想说清楚点，就加快表达，害怕自己的推论又覆上迷雾：所谓的康斯坦丁的复活并没有丝毫的真实，但这种欺骗并不凝聚在那里，不在教堂附近的墓地里，而是在人的思想当中。人似乎陷入了一种欲望之中，想要在这种生死相交中飘飘然，就像他们有时候会被一种集体的疯狂冲昏头脑。所以这种欲望会在这个那个人身上、这个那个地方钻出来，然后传染到所有人，最终，罪恶到极点，变成所有生人死人一致的欲望，全部都陷入到这种集体爆发当中。但是人在短浅的视野当中，看不到他们催生了这种罪恶，因为，如果所有人都真想再见到一次死去的亲人，那也只是一种临时的欲望，总是在某种混乱之后体现（有种东西阻止我去吻他，杜伦迪娜说过）。一旦那些死人真的回来，盘腿坐在我们中间，你们就会看到我们是多么害怕了：和一个九十岁的人合不来，那你们想想和一个九百岁的老人要做什么！康斯坦丁的出现也一样，这就和所有回到生人世界的亡者一样，只会在很短时间里受到重视（你，继续赶路，我有事去教堂），因为他的死亡生命位置在那儿，在坟墓里。据说，曾经有段时间，生人和死人，人和神，生活在一起，甚至有时候他们之间通婚，孕育了一些杂种，但那是再也不会回来的野蛮时期。

其他人竖起耳朵听这些病态的话，但是他们更愿意把事情看待得简单些。他们说，如果这是一种复活的欲望，那为什么要努力去宣布这是好事还是坏事呢？说到底，是上帝确定世界末日的日期，除了他，没有人能够对这话发表评价，更别说给出信号了。这些人反驳说，康斯坦丁复活流言中的罪恶正在于此。这被当成一个信号：世界末日可以没有主的命令就开始，而罗马教廷指控我们的教廷允许了这种谎言。现在，一切都要回归秩序，拜占庭教廷不会听任自己措手不及的。斯特斯最终揭露了这个大骗局，全国——如果不说是全世界——从罗马到君士坦丁堡，马上都会知道了。斯特斯，肯定会因为立功，获得很高的荣誉。

斯特斯窗户的光亮是最后一个熄灭的。他肯定在准备要发表的报告。谁知道我们还可能听到什么啊，人们重复着。聋子有福了！眼下这个时节，他们是唯一可以高枕无忧的人！

天空虽然很低，可是看起来还是特别遥远，它粗暴地在水平线的四角挡住了人的视野。不仅老年人，其他大多数人都在抱怨那让人恶心的潮湿空气。

但是他们还是在喋喋不休。每天早上，都会听到杜伦迪娜事件里又增加了些什么，或是又删除了些什么。只有哭丧妇丝毫没有改变她们的仪式。纪念死者的日子到了：所有人都去死者的坟墓做传统的扫墓，而她们用以前唱过的同样的悼歌来哭悼弗拉纳也家：

> 康斯坦丁，但愿你遭受不幸！
> 你把你的诺言怎么了，
> 你把它埋在你身边了吗？

听着别人告诉他这一切，斯特斯露出了一丝谜一样的微笑。以后，他再也不会盯住这些人骂，也不会把她们看成是长着分叉舌头的毒蛇。一段时间以来，他的脸色变得更加苍白了。不过苍白很适合他冬天的脸。

"在你们看来，承诺是什么？"他问康斯坦丁的朋友。最近他很喜欢和他们来往。

那几个小伙子用眼光互相询问了一下。他们是四个人：史邦迪、米罗扫和拉当家的两个儿子。斯特斯几乎每个下午都去新旅店找他们，他们在康斯坦丁活着的时候就习惯在那儿聚会。看到斯特斯在他们中间，人们都很惊讶地摇头。有些人说他陪着他们是为了工作的原因；另外的人相反，坚持认为他和他们交往只是要打发时间。他已经完成了报告，现在他要休息了，这些人议论说。还有的人还是耸耸肩，鬼才知道他为什么要和他们呆在一起？这个斯特斯，他就深得像一口井。我们从来猜不到他为什么要这样做而不是那样做。

"那么，承诺是什么呢，在你们看来，或者在康斯坦丁看来？"

没有人比这四个年轻人对康斯坦丁的死感到更痛苦。他们把他看成兄弟，现在，他死了三年之后，还是如此，他在他们的交谈中、他们的思想中出现，很多人半开玩笑半认真,给他们起了个外号叫"康斯坦丁的弟子"。他们又互相看着:斯特斯为什么要向他们提这样的问题呢?

他们之前并不乐意接受上尉的陪伴。康斯坦丁活着的时候,他们就已经对他很冷淡,但是,最近,自从斯特斯想尽办法要发现杜伦迪娜回来之谜以来,这种冷淡变成了冰冷,甚至就要变成敌意了。斯特斯最初想要拉拢他们的努力撞在了墙上。后来,令人惊奇的是,他们彻底改变了态度,同意和上尉经常来往。今天的年轻人并不蠢,他们知道他们在做什么,人们星期天在教堂的时候这么说。

"这是以前用的一个词,"斯特斯继续说,"但是今天赋予的意义,我想,几乎是新的。在审讯过程中我不止一次听到这个词。"

他们思考着。他们和康斯坦丁一起度过的那些下午和晚上,和现在他们闷闷不乐的下午是那么不同。那时他们那样激烈地讨论无数的话题,但是"承诺"总是他们青睐的主题。这说明:康斯坦丁把他自己和其他人都联系在一起,他可以说是他们的中心人物。

康斯坦丁死前,主教已经警告过他们的家庭,他们之后在谈话中就开始比较克制,但是现在他们那么爱戴的康斯坦丁已经不在了,他们要做什么呢?而且,看起来斯特斯知道他们的想法，既然他已经知道这些，就必须倾听到底。说到底，他们并不害怕表达他们的观点，要是有可能，他们准备在所有人面前发表这些观点；他们害怕的是看到自己的观点被歪曲。

"康斯坦丁是怎么看待承诺的？"米罗扫重复着斯特斯的问题，"这是融合在他所有的观点当中的。不把这个和他的其他信念联系起来，是很难理解他构思这个词的方式的。"

于是他们详细地向他解释一切。可能斯特斯已经知道，康斯坦丁，说到底，和他们一样，整体上来说是个反对派，一个持不同政见的人。他反对法律，反对制度，反对教谕，反对监狱、警察和法庭。他认为这都是一堆强制性的规则，就像冰雹一样从外部打击人，这些法律规则应该消除，应该被其他来自人内部的法律所替代。但是这并不意味着那是纯粹精神的规则，只属于意识，不是的，这不是一个相信人类可以单纯由意识支配的美梦。他所想的，是更加可以触摸的东西。在他最后一段时间里，他已经找到了零散分布在阿尔巴尼亚人生活中的这种东西的种子，他说这种子会发展，会被催生，建成一个体系。在这个体系中，人们不再需要书写的法律，不再需要法庭、监狱和警察。当然，这种制度也并不能排除悲惨事件、杀人和暴力，但是是人自己审判他的亲人，也由他自己来审判自己，不用任何僵化的司法框架。他会杀人，也会被人所杀，会自己关自己的禁闭，也会从监狱里出来，只要他判决自己应该这样。

"但是这样的制度是可以实现的吗？"斯特斯问。这不又归结到意识上了吗？他们自己不把这个看成一个空想吗？

他们回答说，在那个世界，现行的制度将会被其他看不见的非物质的制度代替，但那并非空想，也不是什么田园诗，而是阴暗的、悲剧性的，所以和现行制度相比，那些制度如果不是更具有质感，也是同样有分量的。只不过，它们是内在于人的，不是像某种悔恨或类似的感情，而是像更确定的东西。一个理想，一个信念，一个为所有人所知和接受的秩序，在每个人的内心实现，不是秘密地，而是向所有人显现，就好像人有一个透明的胸膛，他的崇高和不幸，他的痛苦和悲惨，他的决断和犹豫，所有人都看得到。这就是那种秩序的轴心。承诺是其中一个轴心，甚至也许是主轴。

斯特斯谦恭地插进来，提醒他们，这和古老的教规没有任何雷同。众所周知，阿尔巴尼亚人从他们的伊利里亚祖先那儿继承了这古老的教规，而伊利里亚的风俗习惯法又非常接近古希腊人的风俗习惯法，古希腊人取了这个名。前一年，他曾读过一本一千五百年前写的希腊戏剧，十分惊奇……

他们不知道这一点，因为他们知道这古老的教规老早就被法庭替代了。不过他们认为人类在没有充分准备下就已经实现了这个转变。他们认为，目前，把古老卡努法①进行革新，比起接受一个新的政府体系要更适合。承诺也许就在这里提供了例子……

它还是很稀罕的。它很娇弱，就像一朵野花需要关心，它的轮廓还没有清晰地显现。为了说明他们的阐述，他们让斯特斯想起几年前康斯坦丁还在世时发生的一件事。在一个不远的村子里，一个人杀了他的客人。斯特斯听说过这件事。就是那时用了这个表达："他违背了承诺。"在那个村，不管年轻的年长的，大家都受到了深深的打击。他们一起决定，这样的耻辱永远不会再发生。他们甚至更进一步，宣布无论是谁，认识的，不认识的，只要进入他们村的围墙，就受到承诺的保护，就会被宣布为朋友，像朋友一样受到保护，他们会向他打开大门。无论是谁，无论是白天黑夜的什么时候，都会给他吃的，注意他的安全。有人在首府的集市上公开嘲笑：想吃免费的饭吗？去那个村吧，随便敲哪个门，您都会看到他们尊重地待您，送您送到村口，就

---

① 原文此处用的是斜体，疑为阿尔巴尼亚语：Kanun。

像您是主教一样。但是，他们不在乎这种嘲笑，他们走得更远，他们请亲王准许他们自己惩罚那些违背了承诺的人，而亲王答应了。所以，违背承诺的人都不会活着走出这个村的界限。另一个离这个村很远的镇，也向亲王要求类似的权力，方法也很奇特：那些居民不仅要求了他们的村，还要把一段主干道、两个旅店和一个磨坊都纳入承诺的保护之下。亲王担心这种新实践的扩张会把道路交通和那部分地区的行政搞复杂，拒绝了……

承诺就是这样。康斯坦丁对此所说的是：他把承诺看成是最崇高的纽带。他认为，当它和其他类似的法律传播开来，控制了生活的所有方面的时候，那么外在的法律和相应的制度就会像蛇蜕皮一样自己倒塌。

康斯坦丁就是这么说的，他们在新旅店度过的那些值得纪念的下午，他不停地说着阿尔巴尼亚的特点①。巴拉巴拉地高谈阔论，或者阿尔巴尼亚化②，有的人对他们的话这么嘲笑。好了，他说：至于我，我要向母亲发下承诺，只要她表达了愿望，我就要把杜伦迪娜从她丈夫家带回来。不管发生了什么，即使我在床上奄奄一息，即使我只有一只手、一条腿、失明了，即使……我

---

① 此处为卡达莱创造的新词：albanité。
② 此处为卡达莱创造的新词：albaniser。

也不会违背我的诺言!

"即使……"斯特斯重复,"他不是想说'即使我死了'吧,米罗扫?"

"也许。"年轻人看着外面心不在焉地回答。

"但是这怎么解释呢?"斯特斯问,"他聪明,不相信幽灵会起作用。我有一份主教的报告,说复活节那天,他当着你们的面嘲笑对基督复活的信仰。那他怎么会相信他自己的复活呢?"

他们互相看看,一起克制了微笑。

"您说得对,上尉先生,因为您说的是现在的这个世界,当前的世界。但是您不该忘了,他,我们大家,在我们的话语和思想当中,都看到了一个新的维度里的另一个世界,一个由承诺统治的世界。在这个世界里,一切都会不一样。"

"可是你们仍然生活在我们的世界,在当前这个世界。"斯特斯说。

"是的。但是我们自己的一部分,也许是最好的一部分,在另一个世界。"

"在另一个世界……"他低声重复。现在他是唯一克制微笑的人。

他们没注意到,或者说假装没有注意到,继续说起康斯坦丁的其他思想,说起他认为必须在阿尔巴尼亚进行这种生活重组的理由。这理由和巨大的暴风雨相连，他看到这暴风雨已经开始显现在他的视野中，显现在阿尔巴尼亚的形势里。阿尔巴尼亚处在罗马和拜占庭两个宗教当中，在两个世界当中，在西方和东方当中，就好像被老虎钳钳住了。从这两者的冲突中，只会让人等到漩涡，所以阿尔巴尼亚应该构思自我防御的新方法。它必须创造比"外部"的法律制度更稳定的新结构，永恒普遍的结构，就在人内部的结构，这结构不可违背也看不见，所以也不可摧毁。简而言之，阿尔巴尼亚必须改变它的法律、行政、监狱、法庭和其他的一切，锻造它们，让它们可以从外部世界脱离，在暴风雨来临时，把它们庇护在人的内部。阿尔巴尼亚绝对应该这么做，如果它不想从这个世界的版图上被抹去的话。康斯坦丁这么说。他认为这新的组织将从承诺开始。

"当然，康斯坦丁的违反破坏诺言，只会更严重，更不可接受，是吗？"斯特斯说。

"是的，肯定地……尤其在他母亲诅咒之后……只是，斯特斯先生，这没有违反……他最终遵守了诺言……当然，有点晚……因为一个重大的原因而有点晚：死亡；但是，不管怎样，他还是实现了诺言……"

"但并不是他带杜伦迪娜回来的！"斯特斯叫道，"这一点，你们和我一样知道得很清楚。"

"也许对您来说，不是他。我们的判断不同。"

"真理对所有人都是一样的。杜伦迪娜可以被任何一个人带回到这里，但是肯定不是他。"

"但是，就是他带她回来的……"

"那么，你们相信复活？"

"这，是次要的意义……和问题的本质毫无关系。"

"不管怎样，如果你们不接受死人的复活，那你们怎么会固执地说是他带他妹妹走这段路程的呢？"

"是的，但是这没什么重要的，斯特斯先生……这完全是次要的。重要的是他带杜伦迪娜回到了这儿。"

"也许是这两个世界的故事阻止我们互相理解了，"斯特斯说，"在这个世界是谎言的，在另一个世界可以是真理，不是吗？"

"也许……也许……"

在期待大集会之时，这个国家沸腾到了极点。谈话、猜测、预感，还有消息，流传着，就像暴风雨前的黄叶，在风中飞舞，掉下又重新翻腾起来。那些组织者四处冒出来，时而满身灰尘，时而被雾染白了头，但是人们还是不知道召开大会的日期。有的人说是复活节前，有的人说是之后。不过当他们确认是复活节前后时，他们就想，上帝把这个事安排在接近复活节的日期，这可并非偶然。这是因为他想再一次考验他们的灵魂，为着某种大家不知道的原罪来震动他们，绞碎他们。

第七章

　　转身朝向窗户去确认天是不是亮了的时候,斯特斯认为在自己的枕头上看到了一根细细的金色头发。这是什么?他自忖,但是在进一步思考之前他又睡着了。

　　过了一会儿,当他醒来,天已经大亮了。他检查了一会儿自己的枕头,想发现些什么,然后无声地起来,靠近窗子,抓住把手,确认窗户夜里没有被撬开。他搞不清,他是不是只是刚刚想象到杜伦迪娜的墓打开了,风吹得她的头发在轻轻摆动,还是他已经在梦里见到了她。然后他又瞄了一眼他的枕头,他的神经真的很衰弱了,因为只要稍微一会儿工夫他的思绪就会被牵到这样的想法上来。他很肯定自己见到了那根头发,所以留心观察了一下对面的屋子。几个星期前,他见到那个屋子里有一个年轻姑娘正在窗户后面梳头发。要是还是好天气时节,窗户是开着的话,他肯定会觉得是北风把她的一根头发吹到他这里了。

　　"斯特斯,"他妻子半睡半醒地说,"你又大早起来了，呃……"

她嘟哝了几个没法理解的词。但是，她没有像平常他叫醒她的时候那样把头钻到被子里去，而是用手肘撑着自己的身体，朝他投去同情的目光。

"他们要杀了你，用他们的……他们怎么叫这个来着……研讨会！"

"研讨会"这个词从她妻子口里说出，在他看来和她刚刚的嘟哝一样奇怪。

研讨会，他在心里重复，好像想抓住这个词的原始意义。这个词是常用的，但是笼罩在这个词上的恐惧，是新的。这是一种恐怖，和其他很多恐怖不同，它没有上溯到深远的过去，而是由对未来的看法所激起的。

斯特斯把目光投向灰色的地平线。最近一段时间，他的思想越来越频繁地走向未来，但是这并没有让他舒心，只是让他更加焦虑。

一小时以后，他出了家门，再一次抬头看向可能飞出金色头发的窗户，快步地朝办公室走去。

"有什么新事？"他问副手。

副手向他列举了夜里已经通知他的事件。

"没有其他的？"斯特斯问，"没有不寻常的事？没有毁坏墓地的？……眼下这时节，我们什么都可以期待，不是吗？"

副手告诉他，没有收到这种性质的事件的报告。

"是吗？……那么，陪我去老修道院。去看看准备工作进行得怎么样了。"

他们已经决定在老修道院的内庭举行大会，那儿很大，可以容纳大约两千人。整整好几天，木工都在努力架设给来宾的木板看台，上面还盖了防雨布以防下雨，还有一个讲坛，大家认为斯特斯会在那上面发言。

集会要在十二月的第一个星期天举行。但是，从这个星期中以来，这个地区的大部分旅店，尤其是最靠近老修道院的旅店，还有大路上的所有旅店，全都满了。那些被邀请的客人，教会的，世俗的，不停地从这个公国的四面八方拥来，从邻近的公国和公爵、伯爵领地拥来。大家还在等待来自最遥远的公国的客人，还有帝国首都圣主教的使节。

这几天，大家看着大路上马车成队地经过，大部分车门上都装饰着纹章，车里的人穿着五颜六色的衣服，佩戴着和豪华马车上同样图案的绣出来的纹章。大家一边互相聊天，一边丰富自己关于亲王宫廷、礼节、头衔、宗教阶品和世俗等级的知识，这是他们一生都没做过的。只有在这时，他们才明白了这件事的规模和异乎寻常的重要性。他们一开始，在十月十一日的夜里，还只是把它看做一个简单的幽灵故事。

斯特斯和副手从一个昏暗的侧门进去。准备工作已经完成了,木工已经收拾好了工具,然后离开。一场细雨打湿了露天的阶梯。斯特斯走到他将要发言的讲坛,在那立了一会儿,眼睛盯着空空的阶梯。

他凝视了好一会儿,突然,他动作猛烈地把头转向右边,然后又转向左边,就好像有人叫他,又或者他突然听到了喊叫声。他露出一丝苦涩的微笑,然后,迈开大步,离开了。

无比期待的这一天的黎明终于到来了。这是寒冷的一天,想到这是个星期天,这样寒冷的天越发让人觉得冷冰冰了。海拔很高的云一动不动,就好像被牢牢地系在天上。修道院的内庭,除了预留给高层官员和来宾的看台以外,一大早就挤满了人,数不清晚来的人要想听到些什么的话,就只有挤在外面,挤在围墙外面延伸的一块空地上。他们不惜一切代价也要知道点东西,甚至要迅速地知道,因为消息触及到的第一个圈子就是他们,然后再一波波地扩及到整个世界。

大部分人为了御寒,特别是为了挡雨,全身裹在暖和的灰羊皮下。他们看着没有尽头的马队和车队到来,从那上面一个接一个地走下来宾。这些来宾事先就面带愠色，好像这件要钻到这个围墙里、钻进他们肋骨里的事，比那疯狂的龙卷风还要有破坏性。哦，他们来这是要面对灾难——或者神谕。

在内庭，看台慢慢地坐满了。最后几个就座的是本地大主教陪同的亲王使节和拜占庭的代表，以及斯特斯。斯特斯穿着佩有徽章的黑色制服，徽章上画着狍子角。他显得更加高大，但是也显得比平常更加苍白。

大主教脱离那队来宾，朝讲坛走去，看起来是要开始会议。无数个声音在喊着"嘘"！但是，慢慢地，宽阔的内庭里静了下来。差不多就要完全静下来的时候，一阵人们没有料到的喧嚣从这寂静中升起，那是留在修道院围墙外面的人发出的喧嚣。

大主教竭力想用雄劲嘹亮的声音说话，但是他没有能够让自己的声音真正响彻在大教堂中殿。他开始对自己轻微的语音感到生气，清了清嗓子，不过内庭太大，他可怜的嗓音被减弱了，要是内庭的围墙不是那么矮的话，也许这墙壁还能帮助他在演说时增加回声和音量。不过这位高级神职人员仍然继续他的发言。他简略地提了一下这个扩大会议的目的，召开这个会议就是为了澄清一个大骗局，这个大骗局很不幸就发源在这个小镇，是"所谓的某个人从坟墓里出来，带着某个活人旅行"（他强调了"某个人"、"某个"，暗示他讨厌提到康斯坦丁和杜伦迪娜的名字)。他提到这个骗局在整个封地都引起了反响,其影响超越了地界,甚至超越了阿尔巴尼亚的国界,如果放任这样的异端邪说发展的话,就会导致无法想象的灾难。最后,他还提到罗马教廷竭尽全力利用这个异端来反对拜占庭的圣教,而圣教为了揭穿这样的骗局采取的种种措施。

"现在我要把发言权,"他总结说,"让给斯特斯上尉,他负责调查这个事件,将对事件的发展提出一个详细的报告。他会详细地向你们解释这个骗局是怎样策划的。他会告诉你们躲在这个所谓的从坟墓里出来的死人之后的是谁,这个和死去的哥哥所做的所谓旅行的真相是什么,之后又发生了什么,以及所有这一切又是如何被揭穿的。"

强烈的私语声覆盖了他最后的几句话,就在那时,斯特斯从他的位置上站起来,朝讲坛走去。

他抬起头,注视着人群,等着最早的一波遍及开去。他用一种非常低的声音说了前几句话。然后,慢慢地,寂静越来越深,他的声音也赢得了力量。他按照时间顺序陈述着发生在十月十一日到十二日夜里以及之后发生的事,他提到了杜伦迪娜回来了,她肯定自己是在死去的哥哥的陪同下回来的,他也提到了自己的怀疑:怀疑是一个骗子掺和这个事件当中欺骗了杜伦迪娜,怀疑是杜伦迪娜自己欺骗了自己的母亲和他，怀疑是这个年轻女人和她那神秘的同伙一起策划了这个骗局，或者怀疑这件事就只是一个推迟的复仇，是某种报复或是遗产继承事件。然后，他回顾了为了找到真相所采取的措施，他提到了对这个家族的档案进行研究，对旅馆和驿站进行控制，但是所有为了稍微澄清这个谜所展开的努力最后都以失败告终。接着，他提到了最初流传开来的谣言，提到了哭丧妇，提到了怀疑杜伦迪娜是疯子，她那和哥哥的旅行是她病了以后想象出来的结果。不过，他继续说，派到她家的人回来证实说确实有过这次旅行，还有人见过这个把她带到马上的骑士。然后，斯特斯描述了自己和公国其他官员为了解释谜团不得不采取的新行动，这行动最终促使那个骗子，也就是说那个扮演死去的哥哥的男子，在邻近的伯爵领地里的罗伯特两兄弟旅店被抓获。

"我亲自审问了他，"他继续说，"一开始，他否认认识杜伦迪娜。他全盘否定，只是在我命令让他受刑的时候，他才招供。接下来我说的这些就是他所说的真相。"

斯特斯转述了犯人的供词。人群中，一阵安心的低语声伴随着他的每一句话。似乎所有人都在期待着这个阴森森甚至死气沉沉的故事，会像在微微的北风作用下一样，被这个流浪商人的感情艳遇给唤醒。那起伏的私语声跨越了修道院的围墙在空地上传播，就像刚才的寂静、颤抖和惊骇轮番穿越过围墙一样。

"这就是那个犯人宣称的，"斯特斯提高了声音说，"那时是午夜……"

更加静得深沉了，但是从最后几排升起的低语，尤其是从外面传来的低语，还是听得见。

"他说完他的故事的时候是午夜，就在那时我……"

这时，他又一次停顿，用最后的努力尽可能地把这寂静的地毯远远地铺开去。

"那时，令我的副手惊讶的是，我下命令让他重新受刑。"

斯特斯的眼中闪着魔鬼般的光芒。他仔细看着这些无声的面孔，看着看台上的人那些阴沉的五官，然后重新开口：

"我之所以让他重新受刑，是因为我怀疑他讲的话的真实性。"

尽管寂静继续延伸，斯特斯好像感到一阵轻微的地震。现在，去吧，他想，彻底地解脱了。去摧毁一切！

"他坚持了一个星期的酷刑，然后，在第八天，他终于招出了真相。换句话说，他承认他之前说的一切都是谎言。"

他最先感受到的地震，确实发生了：现在地震的声音——一阵闷闷的轰隆声，虽然有点滞后，但确实像任何一次地震的声音，显得很有力。刹那间，他朝自己的右边掷过去一个简短的目光，那里还是喑哑的。只是看台上凝固的面孔全部都变阴沉了。

"那是彻头彻尾的一大套谎言，"斯特斯继续说，很惊讶自己没有再被打断，"那个人从来不认识杜伦迪娜，他从来没有和她说过话，他从来没有和她旅行过，也没有和她做过爱，更没有在十月十一日到十二日的夜里带她回来。是有人给钱让他来编造这一个骗局的。"

斯特斯抬起头，等待着他自己也不能确定的事情。

"是的，有人给钱，"他重复，"他自己招供了这一点，给钱的人我不在此说出名字了。"

他又做了个短暂的停顿。人群突然显得离他很远。也许那些叫声再也不能触及到他。那些矛头和爪子也不能。

"一开始，"斯特斯又说，"当这个骗子否认认识杜伦迪娜的时候，他扮演得很出色，他之后也同样表演得很好，当他承认带她回来的时候。但是就像伟大的骗子经常被微小的细节出卖一样，他也是被一件微不足道的事情出卖了。因为想着要表现得有说服力，尤其是觉得自己达到了目的而过早地高兴，所以导致他说出了很多多余的细节，就是因为这，他那虚妄的面具才掉了下来。所以，这个骗子，这个杜伦迪娜的假想的同路人……"

"那么，谁带回了这个女人？"大主教在他的位置上大叫，"死人？"

斯特斯转头朝向他的方向。

"谁带回了杜伦迪娜？我会回答您这一点，因为我是负责这件事的。请您耐心，主教阁下。请你们耐心，尊贵的人们！"

斯特斯深深地吸了口气。另外有成百的人的肺也和他的肺同时鼓胀了起来，他感到周围的空气都被吸动了。他重新把目光缓缓地从爆满的内庭扫到看台的阶梯，看台脚下成排地站着守卫，手交叉着。

"我一直在期待这个问题，"斯特斯说，"所以我现在准备回答这个问题。"他做了个新的停顿，"是的，我已经很严肃地准备回答。我所做的细致的调查到现在已经结束了，我准备的文件是完整的，我的信心没有丝毫不足。尊贵的人们，我准备回答你们想知道是谁带回了杜伦迪娜这个问题。"

斯特斯又精心安排了短暂的安静，他在此期间把头转向四周，好像想在用嘴巴表达之前，首先想用眼睛去传达真相。

"杜伦迪娜,"他说,"确实是被康斯坦丁带回来的。"

斯特斯整个都绷紧了,等待着预料的低语、笑声和别人对他的喊话:"但是两个月来,您努力想说服我们相反的事情!"但是人群中没有出现这样的情形。

"是的,杜伦迪娜是被康斯坦丁带回来的。"他重复一遍,好像是怕人们没有听清楚。但是,从他们的惊愕可以推断,他刚刚的话确实到达他们那里了。就在那一刹那,他甚至觉得安静得太过分、太深沉了,好像是害怕的缘故。

"因为我答应过你们,尊贵的人们,还有你们,尊敬的来宾,我要向你们解释一切。我只是请你们有耐心听我说。"

这时候,斯特斯唯一想的就是要保持清醒。目前,他不要求其他什么了。

"在你们上路之前,至少在你们出发前,或者是在到达这里之前,你们全都听说了杜伦迪娜·弗拉纳也奇特的婚姻,这个婚姻就是这件事的来源。我想,你们应该知道,要不是康斯坦丁,新娘的一个哥哥,向他母亲承诺,每次母亲开心或者伤心的时候想要杜伦迪娜在家,他就会带她回来,那么就不会有这第一桩和相隔那么远的国家缔结的婚姻。你们也知道,弗拉纳也家,和整个阿尔巴尼亚一样，随后马上遭受了残酷的死亡的打击。但是，没有人带杜伦迪娜回来，因为那个答应带她回来的人死了。你们清楚母亲大人对儿子违背承诺的诅咒，你们也知道三个星期后这个诅咒就被大声说了出来，杜伦迪娜最终重新出现在她亲人家里。正是因此我肯定而又肯定，杜伦迪娜不是其他任何人带回来的，而是被康斯坦丁带回来的，因为他发的誓言，他的承诺。这个旅途不能也不应用其他任何方式来解释。康斯坦丁是不是出了坟墓来完成他的使命并不重要，那个在黑夜离开的人是谁，骑什么马，哪只手抓的缰绳，哪只脚踩在马镫上，沾满路上尘土的头发是谁的，弄清楚这些都不重要。我们每个人在这个旅行当中都有份，因为康斯坦丁的承诺，带杜伦迪娜回来的承诺，已经在我们中间发芽。所以，如果要更准确些，我会说，是我们所有人，透过康斯坦丁，把她带了回来：我们躺在教堂墓地的死人，在这儿的你们，还有我……"

"啊，你！"大主教从他的位置上吼叫，"你终于承认自己参与到这件坏事当中了！"

"我们所有的人……"斯特斯说，努力想明确他的想法，但是大主教的声音取代了他的声音。

"你在为自己说话！"他叫道，"顺便说一下，我很想知道，在九月三十日到十月十三日之间的这段时期你在哪儿？啊？"

斯特斯面无表情，毫无血色。

"回答，上尉！"一个声音说。

"好的，我会回答，"斯特斯反驳，"在刚刚提到的那段时期，我正在执行秘密任务。"

"啊，又是秘密！"大主教叫喊，"好吧！为了知道真相，我们希望你给我们说说这个任务是什么。"

"这种任务，在我们完成之后，我们自己就会努力忘记。我没什么要补充的。"

这一次，被围墙反射过来的人群的喧嚣，花了更长的时间才停歇。斯特斯深深地吸了口气。

"尊贵的人们，我还没有说完。我想要告诉你们——我尤其想要告诉远方的来宾——那种崇高的力量，可以打破死亡的法则。"

斯特斯又停了下来。他喉咙中唾液干了，很难发音。他仍然不停地说着。他高谈着承诺，谈论它在阿尔巴尼亚人之间的传播。他在说着的时候，看到人群中有个人朝他走来，手上好像拿了个重物，也许是块石头。他们要开始了，他想，他用手肘碰了一下斗篷下的剑的把手。但是当那个人靠近时，斯特斯发现那是拉当家的儿子，他不是拿块石头来打他，而是拿着一个小罐子。

斯特斯微笑着，抢过小罐子喝下去。

"现在,"他继续说,"我想解释一下为什么这种新的伦理法则会在我们之中诞生和传播。"

他提到了世界形势的严峻性和显得阴暗的未来。大国小国、宗教教派、人种种族、活人死人,都不停地互相冲突。所有人都互相责备,互相攻击,互相给对方设圈套。而阿尔贝里人的国家就在这样的暴风雨中航行,就像在一片大海中颠簸摇晃。

斯特斯提高了声音:

"面对危险,每个民族都磨尖了自己的防御工具,要是这工具不够保证自己的安全,他们就会打造新的武器。悲剧如果还没有到达阿尔巴尼亚的边界,那迟早也会到的,只有目光短浅者才不明白这一点。所以问题提出了:在世界气候恶化的背景下,在这被称为没有宗教信仰的罪恶和卑鄙无耻的时代,阿尔巴尼亚人的面孔是什么?是迎合罪恶还是反对罪恶?简单地说,是为了生存而毁容、贴上新的面具,还是保存自己远古以来的五官?……我是一个国家的仆人,我对个人外表很少感兴趣,如果康斯坦丁之行中有个人外表的话。我们每个人,无论是普通老百姓还是君王,无论是恺撒还是耶稣,在每个人的外表之下都藏着深不可测的谜。但是,我作为一个官员,我提到这个问题的普遍的外表,也就是关于阿尔巴尼亚的整体外表。考验它的时刻就要到了，要在自己的面孔和面具之间做选择了……但是，要是我们选择成功地从自己内心最深处建立和承诺一样崇高的制度，那就证明阿尔巴尼亚正在做出正确的选择。它要保留它永恒的面孔，我觉得这是非常根本的。它将保留这个面孔，不是像狂叫的野兽一样逃离这个世界，而是与这个世界结合。而康斯坦丁就是为了给阿尔巴尼亚、给剩下的世界带来这个信息才从他的墓里出来的。"

斯特斯再一次扫过在自己面前延伸出去的无数的人群，然后扫过左边和右边的看台。他觉得好像在这儿那儿看到有泪水在闪烁。其实，大家的眼睛都是完全空洞的。

"但是这个信息并不容易接受，"他又说，"它需要一代接一代沉重的牺牲，它将比基督的十字架更沉重。现在我要结束对你们说的话了。"斯特斯朝亲王使节坐着的看台转过身，"我想要补充的是，既然我的话并不符合我的职务，或者至少暂时不符合，我宣布从现在起辞去我的职务。"

他把右手放到那个缝在自己斗篷左侧的白色狍子角的徽章上，然后，用一个干巴巴的动作，把它扯了下来，让它掉在地上。

他没有再说，走下木楼梯，头直直地穿过人群。人群带着一种夹杂着恐惧的尊敬在他经过时散开。

从那天起,任何地方都没有再看到过斯特斯。任何人,他的副手、亲人,甚至他的妻子,都不知道或者说不出在哪儿能找到他。

在老修道院,木看台和木讲坛一个一个地拆除了,搬运工把模板和大梁搬走,修道院的内庭再也没有任何会议的痕迹留下来。但是,没有人忘记斯特斯曾经说过的话。这些话口耳相传,以一种令人无法想象的迅速,从一个村庄传到另一个村庄。谣传说,斯特斯在他的发言之后就被逮捕了,不过这被证实是没有任何根据的。有人说在哪儿瞥见过他,或者说听见过他的马快步小跑的声音。哪能听得出来。还有的人坚决声称在北方的大路上见过他。他们肯定自己认出他了,尽管那时是黄昏,他的头发沾满了最早的尘土。去搞清楚……人们说。主啊,我们的思想还有什么地方去不了啊!有人用颤抖的声音,用像冷得发抖的声音总结说:我有时候在想是不是他把杜伦迪娜带回来的。你怎么敢说这样的事!为什么这会惊到你呢?前一个人反驳说。我,从她回来的那天起,就再也不对任何事情感到惊奇了。

……正如可以预料的那样,那关于婚姻距离远近的争论眼看着又复活了。那些支持近一点的婚姻观点的人看起来好像占了上风,但是他们的对手也很顽固。两方面都从这个死人之行中找到了不同的解释。支持遥远婚姻的人特别强调要遵守承诺,当然把康斯坦丁尊为代言人。另一方则把他的马上之行看成一次后悔的旅行,也就是说他出了坟墓是去弥补过错的。还有的人,单单把他的长途奔波看成是调和远近两个极端的一种尝试,他自己就在远近两个极端之间被撕裂,就像受到乱伦的诱惑一样,这种说法很少有人去听。

人们感到就近结婚的想法占了上风。人们越来越经常提到玛利亚·玛昙伽的悲惨故事,尽管有那个致命的反对原因——傻子帕罗克,他越发频繁地在村里的小路上来来去去,让人无法理解。

有一天,大家发现那个可怜的白痴没气了,在最初一阵惶恐之后,大家明白,杀人犯永远也不会得到证明。像其他很多事情一样,这件事有两种解释方式:那些支持遥远婚姻的人肯定他是被他的亲人杀的,也就是说是支持就近结婚的人杀的,目的是想扫清路上日日夜夜危害他们的证人。而这些支持就近结婚的人则固执地声称,是支持遥远婚姻的人犯了杀人罪,目的是为了说明即使他们的理想失去了力量,他们仍然准备抵抗,哪怕是要让人流血。

但是,尽管有这个新的因素加重了争论,杀死一个傻子和杀死一条狗还是不同的,这种谋杀经常会产生和解,而这件事和其他杀死傻子的案例一样,现存两个阵营中的紧张突然就松懈了下来。

时间好像在起作用，从此就垂青近处结合的婚姻。可是就在这时，发生了一件事，这事在其他任何一个季节都会很正常，可是在这个时期这个冬天就不正常了：这个镇的一个年轻未婚姑娘去找她那在某个遥远角落的郎君了。在这样的时刻听到一个新杜伦迪娜，所有的人都震呆了。大家心里想着，在刚刚发生那样混乱的事之后，这个姑娘的家里肯定要把这个婚礼取消，至少也会把婚事推迟到以后一个日子。但是根本没有。婚礼真的如期举行了，新郎的亲人从他们的国家来了，有些人说走了六天，有些人走了八天，在好吃好喝、尽情歌唱之后，他们带走了年轻的妻子。全村的人几乎都像陪着以前可怜的杜伦迪娜一样，从教堂就陪着新娘。看着在白纱下那样美丽缥缈的新娘，无数的人肯定在心里想，会不会有一个幽灵在一个没有月亮的夜晚把她带到她家门口。至于新娘，她骑在白马上，好像没有流露出丝毫对自己命运的害怕。而那些人，眼睛看着她，摇着头，说："天哪，也许今天的年轻新娘们都喜欢这种事。也许她们喜欢抱着一个人影，在黑暗和虚无中，骑马夜行……"

一九七九年十月，地拉那

"蓝色东欧"译丛（部分书目）

第一辑

- 《石头城纪事》（小说）
  【阿尔巴尼亚】伊斯梅尔·卡达莱 著　李玉民 译

- 《错宴》（小说）
  【阿尔巴尼亚】伊斯梅尔·卡达莱 著　余中先 译

- 《谁带回了杜伦迪娜》（小说）
  【阿尔巴尼亚】伊斯梅尔·卡达莱 著　邹琰 译

- 《石头世界》（小说）
  【波兰】塔杜施·博罗夫斯基 著　杨德友 译

- 《权力之图的绘制者》（小说）
  【罗马尼亚】加布里埃尔·基富 著　林亭、周关超 译

- 《罗马尼亚当代抒情诗选》（诗歌）
  【罗马尼亚】卢齐安·布拉加等 著　高兴 译

第二辑

- 《我的疯狂世纪（第一部）》（传记）
  【捷克】伊凡·克里玛 著　刘宏 译

- 《我的疯狂世纪（第二部）》（传记）
  【捷克】伊凡·克里玛 著　袁观 译

- 《我的金饭碗》（小说）
  【捷克】伊凡·克里玛 著　刘星灿 译

- 《一日情人》（小说）
  【捷克】伊凡·克里玛 著　高兴、杜常婧 译

- 《终极亲密》（小说）
  【捷克】伊凡·克里玛 著　徐伟珠 译

- 《等待黑暗，等待光明》（小说）
  【捷克】伊凡·克里玛 著　杜常婧 译

- 《没有圣人，没有天使》（小说）
  【捷克】伊凡·克里玛 著　朱力安 译

- 《花园里的野蛮人》（散文）
  【波兰】兹比格涅夫·赫贝特 著　张振辉 译

- 《带马嚼子的静物画》（散文）
  【波兰】兹比格涅夫·赫贝特 著　易丽君 译

- 《海上迷宫》（散文）
  【波兰】兹比格涅夫·赫贝特 著　赵刚 译

- 《父辈书》（小说）
  【匈牙利】瓦莫什·米克罗什 著　许健 译

第 三 辑

- 《乌尔罗地》（散文）
  【波兰】切斯瓦夫·米沃什 著　韩新忠、闫文驰 译

- 《路边狗》（散文）
  【波兰】切斯瓦夫·米沃什 著　赵玮婷 译

- 《第二空间——米沃什诗选》（诗歌）
  【波兰】切斯瓦夫·米沃什 著　周伟驰 译

- 《无止境——扎加耶夫斯基诗选》（诗歌）
  【波兰】亚当·扎加耶夫斯基 著　李以亮 译

- 《捍卫热情》（散文）
  【波兰】亚当·扎加耶夫斯基 著　李以亮 译

- 《索拉里斯星》（小说）
  【波兰】斯塔尼斯瓦夫·莱姆 著　赵刚 译

- 《遗忘的梦境——查特·盖佐短篇小说精选》（小说）
  【匈牙利】查特·盖佐 著　舒荪乐 译

- 《流星——卡雷尔·恰佩克哲理小说三部曲》（小说）
  【捷克】卡雷尔·恰佩克 著　舒荪乐、蒋文惠、程淑娟 译

- 《神殿的基石——布拉加箴言录》（箴言）
  【罗马尼亚】卢齐安·布拉加 著　陆象淦 译

- 《十亿个流浪汉，或者虚无——托马斯·萨拉蒙诗选》（诗歌）
  【斯洛文尼亚】托马斯·萨拉蒙 著　高兴 译

第四辑

- **《耻辱龛》**（小说）
  【阿尔巴尼亚】伊斯梅尔·卡达莱 著　　吴天楚 译

- **《三孔桥》**（小说）
  【阿尔巴尼亚】伊斯梅尔·卡达莱 著　　施雪莹 译

- **《接班人》**（小说）
  【阿尔巴尼亚】伊斯梅尔·卡达莱 著　　李玉民 译

- **《绝对恐惧：致杜卞卡》**（小说）
  【捷克】博胡米尔·赫拉巴尔 著　　李晖 译

- **《严密监视的列车》**（小说）
  【捷克】博胡米尔·赫拉巴尔 著　　徐伟珠 译

- **《雪绒花的庆典》**（小说）
  【捷克】博胡米尔·赫拉巴尔 著　　徐伟珠 译

- **《温柔的野蛮人》**（小说）
  【捷克】博胡米尔·赫拉巴尔 著　　彭小航 译

- **《无常的夏天》**（小说）
  【捷克】弗拉迪斯拉夫·万楚拉 著　　张陟 译

- **《赫贝特诗集（上、下）》**（诗歌）
  【波兰】兹比格涅夫·赫贝特 著　　赵刚 译

- **《垃圾日》**（小说）
  【匈牙利】马利亚什·贝拉 著　　余泽民 译

第五辑

- 《壁画》（小说）
  【匈牙利】萨博·玛格达 著　舒荪乐 译

- 《鹿》（小说）
  【匈牙利】萨博·玛格达 著　余泽民 译

- 《两座城市：论流亡、历史和想象力》（散文）
  【波兰】亚当·扎加耶夫斯基 著　李以亮 译

- 《另一种美》（散文）
  【波兰】亚当·扎加耶夫斯基 著　李以亮 译

- 《思想的黄昏》（随笔）
  【罗马尼亚】埃米尔·齐奥朗 著　陆象淦 译

- 《着魔的指南》（随笔）
  【罗马尼亚】埃米尔·齐奥朗 著　陆象淦 译

- 《乌村幻影》（小说）
  【罗马尼亚】欧金·乌力卡罗 著　陆象淦 译

- 《裸浴场上的交响音乐会——罗马尼亚 20 世纪小说精选》（小说）
  【罗马尼亚】诺曼·马内阿等 著　高兴等 译

- 《颠倒的天堂——立陶宛新生代诗选》（诗歌）
  【立陶宛】阿纳斯·阿里舒斯卡斯等 著　远洋 译

- 《魔鬼作坊》（小说）
  【捷克】雅奇姆·托博尔 著　李晖 译

第六辑

- **《简短，但完整的故事》**（小说）
  【波兰】斯瓦沃米尔·姆罗热克 著　　茅银辉、方晨 译

- **《三个较长的故事》**（小说）
  【波兰】斯瓦沃米尔·姆罗热克 著　　茅银辉、林歆、张慧玲 译

- **《挑衅以及其他故事》**（小说）
  【阿尔巴尼亚】伊斯梅尔·卡达莱 著　　蔡雯琴 译　宋学智 审校

- **《洋偶》**（小说）
  【阿尔巴尼亚】伊斯梅尔·卡达莱 著　　蔡雯琴 译　宋学智 审校

- **《天堂超市》**（小说）
  【匈牙利】马利亚什·贝拉 著　　余泽民 译

- **《墓地情事》**（小说）
  【匈牙利】马利亚什·贝拉 著　　余泽民 译

- **《蓝色阁楼里的物品》**（小说）
  【罗马尼亚】阿德里亚娜·毕特尔 著　　陆象淦 译

- **《两天的世界》**（小说）
  【罗马尼亚】乔尔杰·博勒耶泽 著　　董希骁、Mara Arion 译

- **《生活边缘的女孩》**（小说）
  【罗马尼亚】米尔恰·格尔特雷斯库 著
  张志鹏、林慧芬、陈进、李昕、高兴 译

- **《希特勒金钱》**（小说）
  【捷克】拉德卡·德内玛尔科娃 著　　姜蔚茜 译

· 部分书名为暂定，以出版时为准 ·